皇帝ネロの密使

THE FIRST APOSTLE

James Becker

［上］

ジェームズ・ベッカー
荻野 融［訳］

JN210824

竹書房文庫

THE FIRST APOSTLE

by James Becker

Copyright © James Becker 2008
All Rights Reserved.

Japanese translation rights arrangement with
INTERCONTINENTAL LITERARY AGENCY LTD.
through Japan UNI Agency Inc., Tokyo Japan

日本語版翻訳権独占
竹書房

Contents 目次

主な登場人物

クリス・ブロンソン……………………ロンドン近郊ケント州の警察官
アンジェラ・ルイス……………………大英博物館所属の歴史学者、クリス・ブロンソンの元妻
マーク・ハンプトン……………………クリス・ブロンソンの親友
ジャッキー・ハンプトン………………マーク・ハンプトンの妻
グレゴーリ・マンディーノ……………コーザ・ノストラの首領
ジョゼフ・ヴェルトゥッティ…………バチカン教皇庁の枢機卿
ジェレミー・ゴールドマン……………大英博物館所属の歴史学者
ジョゼップ・プエンテ…………………スペイン・バルセロナの歴史学者
アントニオ・カルロッティ……………コーザ・ノストラの副首領
ローガン…………………………………グレゴーリ・マンディーノの部下
アルベルティ……………………………グレゴーリ・マンディーノの部下
ペリーニ…………………………………グレゴーリ・マンディーノの部下
ヴェロッキオ……………………………グレゴーリ・マンディーノの部下

皇帝ネロの密使　上

サリーへ
変わらぬ愛を

謝辞

まず最初にルイージ・ボノーミに感謝したい。彼はロンドンで最高の出版エージェントであり、私にとっては良き友人である。本書のアイデアを最初に提案したのは彼であり、じっと耐えて推敲に付き合ってくれ、自身の厳格な基準に合うまで本書を導いてくれた。

トランスワールド社では、セリーナ・ウォーカーとダニエル・ウィークスに感謝したい。彼女たちは私がこれまで一緒に仕事をさせてもらった中で最も魅力的で才能のある女性である。そして二人とも実に優れた編集者だ。また、フランチェスカ・リバシッジも企画の最初から本書への情熱を示してくれた。当然ながら、本を出版することはチームプレイだ。私はトランスワールド社で関わったすべての人に感謝している。彼らの献身とプロ意識に。

ジェームズ・ベッカー

アンドラ公国、二〇〇八年

プロローグ

六七年春　ユダヤ属州・ヨタパタ

押し黙る男たちの輪の中で、裸のユダヤ人が必死にもがいていた。しかし、どんなに暴れても無駄だった。逞しいローマ兵士が彼の両脚を強く押さえつけ、その間に、別の兵士がかがみ込んで、両腕を粗削りの横木《パティブルム》に固定した。

将軍ウェスパシアヌスは、磔刑《たっけい》が進められる様子を眺めていた。いまや見慣れた光景だ。このユダヤ人もローマ帝国に何ら危害をもたらしたわけではないだろう。だが、ウェスパシアヌスは、しばらく前からヨタパタ守備隊に対して我慢の限界に達していたため、兵士たちが捕らえてきた者は誰であれ処刑することに決めていた。

ユダヤ人の左腕を押さえていた兵士が力を少し緩めた。その隙に別の兵士がこの生贄の手首を厚い布で縛りつける。ローマ軍は磔刑という処刑法に熟練していた。数え切れないほど執行してきたからだ。それで厚い布が止血に役立つのを知っていた。磔刑では苦痛に満ちた姿を長く公衆にさらさなければならない。血を流れるままにして受刑者を短時間で死なせるわけにはいかない。

通常、磔刑の前には鞭打ちがつきものだ。しかし、ウェスパシアヌスの兵士たちは時間を惜しんだし、もともと鞭を打つつもりもなかった。鞭を打たない方が、ユダヤ人たちも十字架の上で長く苦しむことになる。そうすれば、ローマ軍がいま包囲しているヨタパタの住民にウェスパシアヌス将軍の断固たる決意をより一層強く示すことにもなる。町までは矢の射程ほどだから十字架がよく見えるだろう。

縛り終わると、兵士たちはユダヤ人の腕をパティブルムの方に戻した。木の表面は粗く、古い血がしみになっている。百人隊長がハンマーと釘を手に近づいて来た。釘は二十センチほどの長さで、太く、そして釘頭は大きく平らだ。磔刑用の特製品だった。そして十字架と同様に、釘も何度も繰り返し使われた。

「しっかり押さえておけ」と怒鳴り、百人隊長は仕事に取りかかった。

釘先が手首に当たるのを感じて、ユダヤ人は身を固くした。そして百人隊長のハンマーが打ちつけられると、叫び声を上げた。強く確かな打撃で、釘がユダヤ人の腕を突き抜け、木の中に深く埋まっていく。正中神経が貫かれたせいで、絶え間ない強烈な痛みが腕全体に伝わり、苦しさが一層増す。

傷口から血が噴き出し、パティブルムの周囲に飛び散った。腕に巻かれた布は既に血に浸されていたが、釘はまだ十センチほど残っていた。しかし、それもハンマーをもう二回打ちつけると、根元まで埋まった。釘の平たい頭が布にめり込み、腕が木にはりつけられると、流血は急に少なくなっていった。

ユダヤ人はハンマーで打たれるたびに苦悶の叫びを上げ、ついには膀胱を緩ませた。尿がしたたり落ち、乾いた地面を濡らして、何人かの兵士の顔に笑みが浮かんだが、多くの兵士は表情を変えなかった。兵士たちもウェスパシアヌスと同じように飽きていたのだ。そもそもローマ人は百年もの間、ユダヤ属州の住民と度々争ってきた。兵士たちは、磔刑を時間つぶし程度にしか考えられなくなるほどに、この一年というもの、多くの死や苦しみを経験していたのだった。

それは過酷な戦いであり、戦況は必ずしもローマ軍優位には運ばなかった。ローマ軍のエルサレム駐屯隊がユダヤ側に降伏しリンチされたのは、わずか十カ月前のことだ。以来、全面戦争が避けられなくなり、戦闘は激しさを増した。いまやローマ軍はユダヤ属州に総力を結集させていた。ウェスパシアヌスが第五軍団マケドニカ及び第十軍団フレテンシスを指揮し、最近になって息子のティトゥスが第十五軍団アポリナリスを率いて到着した。さらにローマ軍には外国人部隊や騎兵隊が加わっていた。

兵士がユダヤの生贄の左腕から手を放し、後ろへ下がると、百人隊長は右腕の方へと回り、膝をつく。生贄はさらに激しく暴れ、叫び声もほとばしっていたが、もはや逃げる心配はなかった。生贄の右の手首にきっちりと布が巻かれるやいなや、百人隊長は慣れた手つきで二本目の釘を打ちつけ、それが済むと立ち上がって離れた。

T字形十字架の縦木《スティプス》は、ローマ軍の宿営地に備え付けられていた。ヨタパタの町を見下ろすなだらかな丘に三つの宿営地が隣り合っていて、それぞれの軍団が、五十本の縦木を町からはっきり見える場所に立てていた。その多くは使用されていたから、縦木の本数とほぼ同じ人数が十字架にかけられていることになる。まだ生きている者もいたし、既に命を落とした者もいた。

百人隊長の命令により、四人の兵士が二手に分かれ、重いパティブルムを持ち上げ、絶叫するユダヤの死刑囚を縦木の場所まで岩肌の地面を引きずりながら運ぶ。スティプスの片側にはあらかじめ幅広の階段が置かれていたが、兵士たちは歩みをほとんど緩めることなく一息にその階段を上り、パティブルムを掲げ、縦木の上部にある釘にかけて固定した。

ユダヤ人の足が地面から離れた瞬間、釘に貫かれた腕にすべての体重がかかり、両肩の関節が外れた。腕全体に走るとてつもない苦痛を和らげようと懸命に足場を探す。何かないか、何でもいい。間もなく、右のかかとが木製の台に着地した。スティプスの上から一・五メートルほどのところに備え付けられた足台だ。両足をそこに置き、腕の負担を楽にするために下半身に力を入れて上体を持ち上げる。だが、それこそまさに足台がついている理由だった。脚を伸ばした瞬間に、彼は足首をぐっとつかまれ、揃えられようとするのを感じた。両足がひねられ、ふくらはぎが重ねられる。数秒後、かかとへと新たに釘が打ち込まれた。一打ちで彼の脚は十字架につながれた。

ウェスパシアヌスは、死に向かうユダヤの男の姿を眺めていた。捕まった虫のように無駄にもがいているが、既に叫び声も弱くなっている。ウェスパシアヌスはその光景から、さっと顔をそらした。照り返す夕日が眩しかったからだ。あの男は二日後には死ぬだろう。もってもせいぜい三日だ。磔刑は終わった。兵士たちは散らばり、それぞれの宿営地や持ち場へと戻って行った。

ローマ軍の宿営地はすべて同じ形をしていた。碁盤目状に走る広い「道」で区分けされ、そうしたさまざまな「道」の名称はあらゆる宿営地で共通だった。また、外は濠と柵で囲まれ、中は兵士と司令官のために多くの天幕が並んでいた。フレテンシス軍団の宿営地は三つ並んだ宿営地のうちの真ん中に設営され、ウェスパシアヌスが寝起きする天幕は、ローマ軍の他の指揮官と同様に、主要道路《ヴィア・プリンシパリス》の一番奥、すなわち司令部のすぐ後ろにあった。

T字型の十字架は、三つの宿営地の最前部を横断するように並べられていた。その配置は挑発的だった。ヨタパタ守備隊に対して、捕虜になればどうなるかを絶えず見せつけていた。天幕へと戻るウェスパシアヌスが柵まで来ると、歩哨が敬礼し、彼もそれに頷いた。彼はまさに戦場の英雄だった。前線で軍を率い、常に兵士たちのそばにいて、勝利のかちどきを上げ、敗戦に心を痛めた。彼は裸一貫から始めたも同然だった。しがない徴税吏で金貸しの父のもとに平民として生まれながらも、彼はそこからブリタンニアとゲルマニアで軍団を指揮する地位まで昇りつめたのだ。皇帝ネロの演奏会中に居眠りをしたせいで、退役させられるという屈辱を受けたこともあったが、深刻になるユダヤ属州の状況への対処として、戦地へと呼び戻され、反乱を鎮圧するために全権を委ねられたのだった。

認めたくないことだったが、この戦争は憂慮すべき状況にあった。最初の戦果であるガダラでの快勝は、まぐれだったのかもしれない。というのも、ローマ軍は戦力では圧倒的に優勢であり、さらに兵士たちが全力を尽くしたにも関わらず、わずかな軍勢のヨタパタ守備隊に降伏する兆しが全く見られなかったからだ。そのうえ、ヨタパタは決して戦略上重要な拠点ではない。ここを占領したとしても、その後すぐに地中海沿岸に点在する港を解放しに向かわなければならない。そして、港の方が陥落に苦労するだろう。

今後も長く厳しい闘いが予想されるうえに、五十歳のウェスパシアヌスは自身に衰えを感じていた。このユダヤ属州以外なら帝国のどこに送られてもいいとさえ思ったが、末の息子であるドミティアヌスがネロに人質に取られていたため、この戦線を指揮する以外の選択肢はなかった。

ウェスパシアヌスがちょうど自分の天幕の前まで来たとき、百人隊長がひとり近づいて来るのが見えた。身につけている赤い上着、すね当て、鎖帷子《ロリカ・ハマタ》、横に広がる形の飾りがついた銀色の兜のおかげで、白い上着と板金鎧《ロリカ・セグメンタタ》を着た一般兵と容易に見分けがつく。数人の兵士を率いて、後ろ手に縛られた囚人を新たに護送して来た。

百人隊長は三メートル手前の位置で立ち止まり、ウェスパシアヌスに敬礼した。「仰せの通り、キリキアのユダヤ人を連れてまいりました。閣下」

ウェスパシアヌスは頷き、自分の天幕を指差した。「中に入れろ」兵士たちがその男を押して天幕に入れ、木の椅子に無理矢理座らせている間、ウェスパシアヌスはその反対側に立っていた。オイルランプの揺らめく光で見ると、男は初老で、背は高いが痩せており、髪の生え際が後退して額は広く、髭がだらしなく伸びていた。

天幕の中は広く、寝室も別にあった。通常なら八人の兵士が暮らす大きさに近かった。ウェスパシアヌスは、留め飾りを外し、将軍としての地位を示す紫色のマント〈ラケルナ〉を脱ぎ、横に放り投げて、いかにも疲れた様子で椅子に腰を下ろした。

「なぜ私がここに」囚人が訊ねた。

「私がそう指示したからだ。おまえはローマから指令を受けていたにも関わらず、それに従わなかったからな」ウェスパシアヌスは手を払い、護送して来た兵士たちを退出させてから囚人の問いに応じた。

男は首を振った。「私は皇帝に要求された通りのことを実行しました」

「いや、してない。おまえがちゃんとやっていれば、私がこんなひどい国にとどまって、さらなる反乱を鎮圧しようなんて羽目には陥ってないだろう」遮《さえぎ》るようにウェスパシアヌスが言った。

「それは私の責任ではありません。私は自分なりに全力を尽くして与えられた指令を実行したのです。そして、あれは」囚人はヨタパタの町へと首を向けた。「私とは関係ありません」

「皇帝は納得しない。ちなみに私もだ。皇帝はおまえにもっと多くを期待していたのだ。もっとずっと多くだ。それで、皇帝は私にいくつか厳命を下した。その中には、おまえの死刑執行も含まれている」

そのとき初めて、老いた囚人の顔に恐怖の色が浮かんだ。「死刑ですか？　しかし、私は皇帝に頼まれたことはすべて行なったのです。あれ以上できる者などいません。私は多くの土地を旅し、できる限り共同体を作ってきたのです。愚か者たちが私を信じました――そして今も信じています。いたるところで作り話が根付いているのです」

ウェスパシアヌスは首を振った。「それでは足りないのだ。今もこの地の反乱がローマ帝国から活力を奪っており、皇帝は私を非難している。だからこそ、おまえは死ななくてはならない」

「磔刑ですか？　あの漁師のように」と、宿営地のすぐ外で十字架にはりつけられ、死へと向かっている者たちの嘆き声に突然気づいたかのように、囚人は訊ねた。

「いや、おまえはローマ市民だから少なくとも磔刑はまぬがれる。兵士を用いるのは惜しいが、護送されてローマへと連れ戻される。そこで斬首刑になるだろう」

「いつですか？」

「夜が明けたら出発だ。しかし、おまえは死ぬ前に、皇帝からの最後の指令をひとつ果たさなければならない」

ウェスパシアヌスは、テーブルに近づき、ふたつの二連板《ディプティク》を手に取った。中が蠟で塗られた二枚の木の書字板で、簡単な蝶番《ちょうつがい》として片側が針金でつながれていた。両方とも外側に穴《フォラミナ》がいくつも開いており、そこに亜麻糸が三重に通されていた。そして、糸はネロの肖像が描かれた封印で留められていた。この処理によって、封印を破らずには書字板を開けられない仕組みになっていた。これは改ざんを防ぐために公文書で行なわれていた慣習だった。二つのディプティクにはそれぞれ中に何が書かれているか、表にインクでその内容が記されていた。両方ともウェスパシアヌスがローマを発つ際に、ネロから個人的に託されたものだ。そしてそれは彼にとっても以前から何度も目にした代物だった。

ウェスパシアヌスは、テーブルの上にある小さな巻物を指さし、ネロの指示通りに書くよう囚人に伝えた。

「しかし私がそれを拒否したとしたら？」囚人が訊ねた。

「そのときは、おまえをローマに送還しなくていいという命令を受けている」ウェスパシアヌスは笑顔をつくろったが、その目は笑っていなかった。「我々としては、おまえのために空いているスティプスを見つけて、そこに数日間いてもらうことにするだろうな」

紀元六七―六九年　イタリア・ローマ

現在でいうバチカンの丘にあったネロの庭園は、彼がローマの第一の敵と見なしていた初期キリスト教徒に対して残虐行為を行なうためのお気に入りの場所だった。ネロは町を焼き尽くした六四年のローマ大火をキリスト教徒の仕業だと非難した。そして、大火以来、彼はユダヤの「害虫」をローマから駆逐すると宣言し、そのために全力を尽くしてきた。

そのやり方は熾烈を極めた。十字架にかけられる、またはローマ最大の競技場キルクス・マクシムスで犬などの動物に体を引きちぎられるのは、まだ幸運な方だった。ネロは本当に苦しませたいと思う相手を見つけると、その全身に蠟を塗り、宮殿の周囲に立てられた杭に串刺しにする。それから火をつけるのだ。これはネロのちょっとしたジョークだった。キリスト教徒が「世界の光」になると言い張るなら、実際に道を照らすために使ってやろうというわけだ。

しかし、ローマ法はローマ市民の磔刑と拷問を禁じていた。少なくとも、この決まりは皇帝も従わざるを得なかった。そういうわけで、六月末の晴れた朝に、ネロと取り巻きたちは斬首刑を見に行くことになったのだった。ひとりの剣士が、縛られてひざまずき列になっている男や女の首を一振りで落としながら次々と進んで行く。例の初老の男は最後から二番目だった。ネロの特別な指令を受けた死刑執行人たる剣士は、男の首が最後に転がり落ちるまで、じっくり三回も剣を振った。

かつて自分の工作員だった男が痛ましい死を遂げても、ネロの怒りは収まらなかった。それほどこの男の怠慢が許せなかったのだ。その死体は無造作に馬車に載せられ、ローマから何キロも先に運ばれた。そして、小さな洞窟に投げ捨てられ、その洞窟も岩で封じられた。洞窟には既に別の男の死骸が置かれていた。この男もかつて皇帝の悩みの種であり、三年前に特殊な磔刑によって苦悶の末に果てた。それがまさにネロの迫害の始まりだった。

巻物と二つのディプティクは、ユダヤの囚人を護送した百人隊長がローマに到着してすぐにネロへと渡した。だが、しばらくの間、皇帝はそれらをどう扱うか決めかねていた。ローマはユダヤ人の反乱を押さえ込もうとしている最中であり、文書の内容を公表すれば、状況をさらに悪化させる恐れもあった。

重要なのは巻物で、そこに例のユダヤの囚人による恐ろしい陰謀の告白が記され、ディプティクの中身はそれを裏づける証拠となっていた。危険なものではあったが、利用価値があるのも確かだった。だから、ネロは大事に扱うべく細心の注意を払った。巻物の正確な写しを作成し、原本には自分でその内容と目的について説明を書き、皇帝の印章によって正しさを保証した。ディプティクは両方ともユダヤ人の死体と一緒に秘密の洞窟に隠し、巻物は原本を宮殿内の鍵がかかる部屋にある保管箱に入れたが、写しについては、緊急で文書の中身を公表しなければならない事態に備え、土器の壺に入れて身近に置いた。

それから間もなくして、ネロにさまざまな出来事がふりかかった。紀元六八年には、ローマ帝国で内戦が起き、混乱が生じた。ネロは元老院に反逆者と宣告され、ローマの町から逃亡し、自殺した。彼の後に皇帝となったのはガルバだったが、すぐにオトによって暗殺された。次にウィテリウスが登場して新皇帝オトに対抗し、これを打倒した。ネロと同様に、オトは自殺を遂げた。

ところが、オトの支持者たちは屈しなかった。彼らは別の候補者を探し、ウェスパシアヌスに目をつけた。ローマの出来事についての便りがついにウェスパシアヌスまで伝わると、この初老の将軍はユダヤ戦争を有能な息子ティトゥスに託し、イタリアへと向かい、その途上でウィテリウスの軍を打ち破った。ウェスパシアヌスの軍がローマを占領し、ウィテリウスは殺害された。紀元六九年十二月二十一日、ウェスパシアヌスは元老院によって正式に新皇帝として認められ、ようやく平和が訪れた。

そして、短かったものの激しかったローマ内戦の混乱のなかで、小さなパピルスの巻物を収めた木製の保管箱と地味な土器の壺はともに行方知れずになった。

第一章

I

少しの間、ジャッキー・ハンプトンは、なぜ自分が目を覚ましたのか分からなかった。ラジオ付き目覚まし時計のデジタル表示は三時十八分を示している。そして、寝室は真っ暗だ。何かが彼女の眠りに忍び込んで来た。この古い家のどこかから音が聞こえた。

普段からちょっとした物音は珍しいことではなかった。ローザ館は、ポンティチェッリの村とそれより少し大きなスカンドリーリアの町の中間にある丘の中腹に、六百年以上前に建てられた家だ。気温が変化すると、古い木材がきしみ、時には割れてライフルの銃声のように響き渡ることもあった。しかし、今聞こえた音はいつもの音とは絶対に違う。耳慣れない音だった。

彼女は無意識に手をベッドの反対側に伸ばしたが、探る指先は寝具をつかむだけだった。

マークはまだロンドンにいる。イタリアに戻るのは金曜の夜か、土曜の朝だ。彼女も一緒にロンドンに行くべきだったのかもしれない。しかし、頼んだ建築業者の予定が急に変わったせいで、彼女はここに残らざるを得なかったのだ。

そのとき、彼女の耳にもう一度聞こえた。鋭い金属音だ。一階で窓の鎧戸の掛け金が外れたに違いない。風にばたつき、大きな音を立てている。戸を閉めなきゃ眠れない、と彼女は思った。明かりをつけ、ベッドから出る。スリッパに足をすべり込ませ、化粧台の椅子に掛かっていたガウンを手に取った。

踊り場のライトをつけ、オーク材の広い階段を足早に下りる。一階に着いたとき、また物音が聞こえた。さっきとは少し異なるが、やはり金属が石にぶつかる音だ。間違いなく、東側を広く占めるリビングからだ。

特に何も考えず、ジャッキーはリビングのドアを開けた。部屋に一歩入り、いつもと同じように明かりのスイッチを押す。二つのシャンデリアがぱっと光った瞬間、なぜ金属音が聞こえたのかが明らかになった。彼女は恐怖で息をのみ、顔を手で覆った。そして、振り返って走り出した。

黒い人影がダイニングチェアに乗って立ち、大きな暖炉の上の漆喰部分をハンマーと鑿《のみ》で削り取っていた。その手元を別の男が懐中電灯で照らしている。ちょうど彼女が逃げようとしたとき、男たちは驚いた顔で振り向いて彼女を見た。懐中電灯の男がボソボソと悪態をつき、追いかけ始めた。

「ああ、どうしよう」ジャッキーは玄関ホールを全力で走り抜け、寝室に隠れようと階段へと向かった。寝室の木製ドアは五センチ近い厚さで、内側から硬い鋼鉄のかんぬきをかけられる。ベッドの横には電話の子機があるし、化粧台の上に置いたハンドバッグには携帯電話が入っている。部屋の中に逃げ込みさえすれば、この危険を脱して、助けも呼べると彼女は思った。

しかし、追ってくる男に比べて、彼女は走りやすい格好ではなかった。三段目で右のスリッパが脱げ落ちた。後ろから玄関ホールの板石を走る男の靴音が聞こえる。もはや数メートルしか離れていない。慌てて磨き上げられた木の階段に足をかけた瞬間、彼女はつまずき、段を踏み外し、膝から落ちてしまった。

すぐさま、男が彼女に追いつき、腕と肩をつかむ。

ジャッキーは叫び声を上げ、体を横によじり、右脚を蹴り上げた。素足が男の股間に直撃する。男は痛みでうめき、反射的に懐中電灯をジャッキーの方へ振り回した。ちょうど立ち上がろうとした彼女の頭に強化アルミの円筒が横からぶつかる。朦朧となった彼女はよろめきながらも、手すりをつかんだ。しかし、指に力が入らず、つかみきれず、どさりと倒れ込み、頭が手すりにぶつかり、その瞬間に首がポキリといった。体は力なく階段を転がり落ちていき、玄関ホールの床で止まった。手足は伸び、こめかみの傷から血があふれ出た。

追っていた男は階段を下り、彼女のそばで足を止めた。もうひとりの男がリビングのドアから現われ、動かない静かな体を目にすると、その横にかがみ込み、指先を彼女の首に押し当てた。

少しの沈黙の後、彼は怒りをあらわに顔を上げ、「殺すはずじゃなかっただろ」と咎《とが》めるように言った。

アルベルティは自分が殺してしまった女を見下ろしてから、肩をすくめた。「こいつがいるはずじゃなかったんだ。留守中って話だったじゃないか。事故みたいなもんさ。それにもう死んじゃったんだ。今さらどうしようもないだろう」

ローガンは立ち上がった。「まあ確かにそうだ。それなら、やらなきゃいけないことを終わらせて、早いとこずらかろうぜ」

ジャッキーを振り返ることなく、二人の男はリビングに戻った。ローガンがハンマーと鑿を手にして、漆喰を削り取る作業を再開した。漆喰は暖炉の幅いっぱいに伸びている巨大なまぐさ石の上にある。

作業はそれほど時間がかからなかった。二十分ほどで、全体がきれいに露出した。男たちは暖炉の前に立ち、石のひとつに刻まれた文字をじっと見つめた。

「これが例のあれかい?」アルベルティが訊ねた。

ローガンはためらいながらも頷いた。「ああ、そうらしいな。よし、次は漆喰を用意してくれ」

アルベルティが水を入れるためのバケツを手に部屋から出て行くと、ローガンはポケットから高解像度のデジタルカメラを取り出して、文字が刻まれた石の写真を六枚撮り、それから画面をチェックした。きれいに撮れている。文字もくっきり見える。さらに念のため、メモ帳にその文字を書きつけた。

アルベルティが水を汲んで戻って来た。建築業者が残していった資材からコテとコテ板を見つけ、壁際に積まれていた袋の中から漆喰をひとつ選んだ。数分後、漆喰ができると、すぐにそれを暖炉まで運んだ。

まぐさ石は裏側から鋼板が支える形になっていた。これは明らかにかなり最近の修理だ。石の左端から六十センチくらいの箇所にある、斜めに走ったぶざまなヒビのせいで補強することにしたのだろう。そして、その鋼板は二センチ程、まぐさ石の前に突き出ていた。これを土台にして漆喰を塗っていけばよさそうだ。

アルベルティはこの手の作業に熟練していた。三十分ほどで、暖炉の右側の新しい漆喰と色が合った、本職顔負けのなめらかな仕上がりにしてみせた。逆側の方はまだ古い漆喰のままだったが、建築業者がそこまで進んでいなかったせいなので、彼らにはどうしようもないことだ。

ジャッキー・ハンプトンが死んでから五十分後、または、二人のイタリア人が裏口をこじ開けてから約九十分後、彼らはその家から立ち去り、車を駐めてある近くの道へと向かった。

II

クリス・ブロンソンは、クレセント・ロード立体駐車場の三階で巧みにハンドルを切り、銀色のミニ・クーパーを駐車した。ここはタンブリッジ・ウェルス警察署の真向かいだ。しばらく、ブロンソンは運転席に座ったまま、物思いにふけった。今日は朝から非常に面倒なことになりそうだ。彼はそう予想した。

ハリソンとの軋轢は今に始まった話ではない。だが、今回こそ決定的な衝突になるだろう。トーマス・ハリソン警部補は、ブロンソンの直属の上司だが、仕事初日から反りが合わなかった。そもそもハリソンと反りが合う奴なんて滅多にいない。みんなが「あのデブ野郎」と呼んでいる。「トム」と愛称で呼ぶ人間は数えるほどわずかだ。

ハリソンは、昔ながらの叩き上げの警察官を自認していた。そんなことに多くの人は興味がないわけだが、彼は誰彼かまわず、そう言い回っていた。それで、何かにつけてブロンソンを怒鳴り散らした。この警部補は「生意気なキャリア組」を特に忌み嫌っていた。大卒で警察に入り、学歴の恩恵を享受するエリートのことだ。そして、彼にとってはブロンソンもそのエリート連中の仲間だった。ブロンソンが学位を持たず、高校を出てすぐに短期兵役で軍に入隊したにも拘わらずだ。要するにハリソンは、ブロンソン——ハリソン自身はチャールズ・ブロンソン主演の映画『狼よさらば』になぞらえて「狂った狼」と呼んでいた——が遊び半分で警官になっていると思い込んでいたのだ。ブロンソンが非常に有能な警官なのは明らかな事実だったが、そんなことはハリソンの目に入らなかった。

ブロンソンがタンブリッジ・ウェルスに配属されて六カ月の間、彼は毎週のようにあれやこれやと叱責を受けていた。しかし、ブロンソンは警察の仕事を愛していたので、ハリソンのあからさまな悪意を気にしないように懸命に努力した。だが、もううんざりだ。

その日の早朝、署に来るように言われた。ブロンソンにはその理由がはっきり分かっていた。二日前、彼は他の制服や私服の警官たちとともに、クラスA薬物の取引容疑で不良グループを逮捕する現場にいた。そのグループの縄張りは東ロンドンだったが、最近は取引の範囲をケントまで広げていたのだ。逮捕はみんなが期待したようにはスムーズにいかず、乱闘になり、グループの若者二人がちょっとした怪我をしたのだった。ハリソンは、逮捕の際にブロンソンが必要以上に警官を投入し、さらには容疑者を暴行したのではないかと非難するつもりなのだろう。ブロンソンはそう推測した。

彼は車から降りると、ロックをかけ、エレベーターは八時からなので、階段を使って道路に出た。

十分後、彼はハリソン警部補の部屋をノックした。

III

マリア・パローモは、生まれてからずっと、モンティ・サビーニ地域に住んでいた。そして、七十三歳になった今も週に五十時間働いていた。仕事は掃除婦だが、別に好きでやっているわけではないし、掃除のスペシャリストというわけでもない。しかし、彼女は誠実だった。家主が机にユーロ札の束を置きっぱなしにしていても、相手がマリアなら、なくなる心配はなかった。彼女は信頼のおける人物だった。自分で言った時間からさほどずれることなくやって来るし、人目につかない隅の方にほこりがたまったり、オーブンが一年に一回程度しか掃除されなくても、少なくとも窓は光り輝いたし、カーペットはきれいになった。

つまり、誰もいないよりはマリアがいる方がまだマシだったのだ。ポンティチェッリ・スカンドリーリア地域の三十軒ほどの家の鍵で、彼女のハンドバッグは膨らんでいた。掃除をする家もあれば、家主が留守の間に安全を確認するだけの家もあった。何軒かの家では、植物に水をやり、郵便物を仕分け、電気や水道が使えるか、排水溝が詰まってないかのチェックまでした。

ローザ館も彼女が掃除をしていた家のひとつだったが、契約がいつまで続くか、少し不安を感じていた。マリアは自分と話してイタリア語を磨こうとする、この家のイギリス女性を気に入っていた。しかし、最近、相手から不満がこぼれるようになったのだ。特にここ二回は、いくつかの箇所で掃除不足を指摘された。いつもマリアは苦情をもらうと、まずは笑顔で受け流す。そして、建築業者が何人も出入りしていて、資材や道具がそこら中に転がっているから、すべてを掃除するのは大変だし、それにほこりも出ると説明した。

しかし、明らかにシニョーラ・ハンプトンはこの言い訳に納得していないようだった。もう少し頑張るように言われたが、マリアは頼まれたことを全部しっかりこなせるような年齢でもなかった。これからも毎週この家に来て、大目に見てもらえそうな程度に掃除をし、それでどうなるか様子を見よう。もし、このイギリス女性にクビにされても、別の家で仕事はもらえる。だから実際にはそれほど大きな問題でもなかった。

その日の朝、九時を少し回った頃に、マリアはもう十五年間も仕事に使っている古いベスパのエンジンをバタバタ響かせて、ローザ館の私道を上ってきた。このスクーターは彼女のものではなかったが、貸してもらったのもずいぶん昔のことだったので、本当の持ち主が誰か、彼女にもよく分からなくなっていた。さらに、このベスパは車体登録をしておらず、もう何年も車検で安全性を確認していなかったから、公道を走るには色々とまずい面があった。しかし、そんなことは、面倒がって運転免許さえ持ってないマリアにとっては大した問題ではなかった。乗っている時に、自治体警察の近くを避け、軍警察《カラビニエリ》にできるだけ会わないよう気をつけるだけだった。

　彼女はローザ館の玄関まで来ると、スクーターを停め、スタンドを立てた。そして、ヘルメットをシートに置き、ドアの方へと元気よく歩いて行った。ジャッキーが家にいることは分かっていたので、鍵を出さず、玄関のベルを押した。

　二分後、彼女はもう一度ベルを鳴らした。また返事がない。おかしいと思い、家の脇にある車庫に行き、半開きの扉から中を覗いた。予想通り、ハンプトン家の車、アルファロメオ・セダンが見えた。ポンティチェッリまではとても遠いから、そこに徒歩で出かけたというのも考えづらいし、マリアが知る限り、そもそもジャッキーは歩くのがあまり好きではない。それなら彼女はどこにいるのだろう?

　きっと庭ね、とマリアは考え、家の横を回って裏の芝生へと歩いた。いくつか低木の茂みと小さな花壇も六つほどある庭が古い家の向こうに緩やかに広がっていた。しかし、裏庭にも誰もいなかった。

　マリアは肩をすくめて、表玄関へと戻り、バッグに手を入れて鍵の束を探した。エール錠の鍵を見つけると、いつも通りベルを鳴らしながら、鍵穴に差し込んで回した。「シニョーラ・ハンプトン?」と呼んで、ドアを勢いよく開いた。「シニョーラ……」

言葉が喉に詰まった。石の床に手足を広げた体が横たわっている。身動きひとつしない。頭の周りに血の海が広がり、暗赤色の後光のようになっていた。

マリア・パローモは、これまで二人の夫と死に別れ、他に五人の近親を弔ってきたが、葬儀場でシーツに包まれた遺体を覚悟して見るのと、今のように突然死体を目にするのとでは全く違った。彼女は喉から叫び声を上げ、後ろを向き、ドアから飛び出して、砂利の私道を走った。

そして足を止め、振り返り、もう一度この家を見た。外は早朝の日差しが眩しく、家の中は見づらかったが、それでも開けっ放しのドアの向こうにその体は見えた。少しの間、マリアはじっと立ち尽くし、どうすればいいのか考えた。

警察に通報しなくてはならない。それは間違いない。しかし、警察が首を突っ込んでくると、関係者全員が調べ上げられることになるのも分かっていた。マリアはベスパまで歩いて、ヘルメットをかぶり、エンジンをかけ、私道を下りて行った。そして道路まで出ると右折した。彼女には親戚が多く、八百メートル先にもそのうちの一軒がある。そこに行けば、心配なくベスパを隠して、ハンプトンの家まで車に乗せてもらえるだろう。

二十分後、彼女は甥の古いランチアの助手席から降りて、ハンプトン家の既に開いている玄関ドアへと甥を引き連れて歩いて行った。そして、玄関ホールに足を踏み入れ、死体を見た。甥はかがみ込んで、ジャッキーの手首の脈を取った。それから十字を切って、二、三歩ほど後ずさりした。結果は分かっていたので、マリアはほとんど動じなかった。

「今なら警察に電話できるわ」彼女はホールのテーブルの上にある電話の受話器を取り、イタリアの緊急電話番号一一二番にかけた。

第二章

I

「今回はよくもやってくれたな。《狂った狼》」

　予想通りだな、とブロンソンは思った。彼はハリソン警部補の机の前に立っていた。その横には回転椅子があったが、嫌がらせなのか、ハリソンは勧めてこなかった。ブロンソンは肩越しに後ろを見ると、困惑した顔つきをして、それからまたハリソンの方を向いた。

「誰のことを話してるんでしょうか?」ブロンソンは静かに訊ねた。

「貴様だ。このクソガキ」ハリソンは威嚇するように言った。ガキとは笑わせてくれる。ブロンソンはハリソンよりも十センチ近く背が高いのだ。もっとも、体重はずっと少なかったが。

「私の名前はクリストファー・ブロンソンです。そして、巡査部長をしています。クリスと呼んでもいいですよ。または、ブロンソン巡査部長でも、単にブロンソンでも。だが、あんたみたいな醜いデブ野郎に、《狂った狼》なんて呼ばれる筋合いはない」

ハリソンの顔色がみるみる変わっていく。「今、俺のこと何て言った？」

「聞いた通りですよ」とブロンソンは言い、回転椅子に腰を下ろした。

「このクソ……俺の部屋にいる間はずっと立ってろ」

「どうも、座らせてもらいます。さて、何の用で私を呼んだんですか？」

「立て！」ハリソンは叫んだ。このガラス壁の個室の外にも聞こえたらしく、早く出勤した数人が話の内容に興味を持ち始めていた。

「ハリソン、あんたにはもううんざりだよ」ブロンソンは脚を前にゆったりと伸ばしながら言った。「俺がこの署に来て以来、あんたは俺がやることなすことすべてに文句をつけてきた。それを俺はずっと我慢してきたんだ。たとえあんたみたいな無能なバカと仕事をすることになるんだとしても、それでも警察を続けたかったからな。だが今はもう考えを変えた」

小さな唾のかたまりがハリソンの口の端にたまっていた。「おまえみたいな反抗的なクソ野郎は警察から追い出してやる。立派な命令違反だ」

「あんたならやりかねんな。それにもう実際に、容疑者を暴行したとか、逮捕現場に警官を過剰に投入したとか理由をつけて俺の責任を追及しようとしてるんじゃないのか？」

ハリソンは頷き、うなるような声で言った。「証人がいるんだ」

ブロンソンは笑みを浮かべた。「証人がいても全く不思議じゃないな。そいつらにちゃんと金を支払ってやれよと思うくらいだ。さっきから口を開けばクソの話ばかりしやがる、この下品で無学な低能野郎」

少しの間、ハリソンは何も言わず、憎しみのこもった目でブロンソンをじっと見ていた。

「雑談としてはなかなか楽しかったよ」と、ブロンソンは立ち上がりながら言った。「一日か二日ほど休暇をもらう。そのあからさまな捏造を続けるのか、それとも改心して上級警察官らしく振舞うようにするか、俺が休んでる間に考えて決めてくれ」

「停職処分になると思っておいていいぞ、ブロンソン」

「やるじゃないか。ようやく俺の名前を覚えたんだな」

「このクソ野郎、今ここで停職にしてやる。身分証明書をよこせ。それからこの部屋をすぐに出て行きやがれ」ハリソンは手を差し出した。

ブロンソンは首を振った。「いや、当分は身分証明書を手放すつもりはないから、そこはよろしく。それとあんたの今後の振舞いを考える上で、これは参考にした方がいいかもしれない」と、ジャケットのポケットに手を入れ、細く黒い物体を取り出した。「言うまでもなく、これはレコーダーだ。下らない会話だったが、あんたにもコピーを送ってやろう。あんたが尋問されたいなら、いつでも監察官にこれを聞かせてやるぜ」

それから、ブロンソンは別のポケットから、薄い茶封筒を取り出し、投げるように机に置いた。「そしてこれは正式な異動願いだ。あんたの考えが決まったら必ず教えてくれ。俺の電話番号は知っていると思う」

ブロンソンはレコーダーの録音を止め、部屋から出て行った。

II

ローマにあるマンションで電話が鳴ったのは、午前十一時三〇分を少し過ぎたあたりだった。だが、そのときグレゴーリ・マンディーノはシャワーを浴びていた。電話は六回ほど鳴った後、留守番機能に切り替わった。

十五分後、ひげを剃り、白シャツ、ダークカラーのネクタイ、ライトグレーのスーツというもの服装に身を包んだマンディーノは、キッチンでいれた大きなカップのカフェラテを仕事部屋へと運んだ。机に座ると、電話の再生ボタンを押し、メッセージがはっきりと聴こえるように、体を前かがみにした。盗聴する人間がいても理解できないように暗号化されていたが、マンディーノは問題なくその内容を把握した。彼は顔をしかめて、ノキアの携帯で電話をかけ、相手の男と短い会話をした。それから、革椅子に深々と座り、今届いた情報についてゆっくりと考えた。想像力をどこまで働かせても、それは彼が望み、期待していたような内容ではなかった。

先ほど電話をしてきたのは、彼の右腕のような男だった。だいぶ信頼を置けるようになった男だ。彼がその男、アントニオ・カルロッティに与えていた命令はかなり簡単なものだった。二人組の男が目標の家屋の中に侵入し、目的の情報を手に入れ、その家から出る、それだけのことだ。しかし、得られた情報は、マンディーノが既に知っていることと大差なかった。その上、余計なことに住人の女が死んだ。それが単なる偶然の事故なのか、知らなかったし興味もなかった。

しばらくの間、マンディーノは机の前に座っていたが、苛立ちはつのるばかりだった。こんな面倒な案件に関わらなければよかったとさえ思った。しかし、自分に選ぶ権利があったわけではない。彼が数年前に与えられた指示自体は、複雑ではなく具体的にはっきりしている。あのラテン語の文は今まで判明した中で最も価値のある手がかりだったし、そのことに関係する情報がネット上に現われたのだから見過ごすわけにいかないじゃないか、と自分に言い聞かせた。任務を続ける以外の選択肢はない。

しかし、やれることはやり尽くしたのもまた事実だった。不快な思いをするかもしれないが、もはや事態を考えると、少なくともあの男ひとりには状況を把握させなければならないのだろう。

マンディーノは、壁に隠された金庫の方に行き、ダイヤル錠を回して、扉を開けた。中には弾が装填された二丁のセミオートマチックの拳銃と、革のバンドで留められた厚い札束が入っていた。札束は主にユーロの中額紙幣と米国ドルだ。そして、金庫の一番奥には古い革に包まれた薄い冊子が置かれていた。その冊子の角はすり切れて、色あせていた。そして、表や背を見ても中の内容は分からなかった。マンディーノはその冊子を取り出し、机のところまで持って行き、カバーの留め金を外して、中を開いた。

彼は手書きのページをめくり、消えかかったインクの文字に目を通し、そして、その冊子を読むときにはいつもするように、そこに書かれた指示について思いを巡らせた。最後の方のページに電話番号のリストがあった。その多くはボールペンで書かれていたから、かなり最近に追加されたものだということは明らかだった。

マンディーノは、リストを順に指で追っていき、探していた番号を見つけた。それから、机のデジタル時計を見やり、再び携帯電話を手に取った。

III

マーク・ハンプトンは、金融街〈シティ〉にある自分の会社で、コンピューターをシャットダウンし、昼食に向かうところだった。毎週水曜日には同僚三人と近くのパブで昼食を摂ることにしていたのだ。出かけようとしたとき、ノックの音がした。彼は肩をすぼめてジャケットに腕を通し、入り口へと歩き、ドアを開けた。

ドアの向こうには、見知らぬ男が二人立っていた。我が社の人間ではないな、とマークは確信した。彼にはたとえ顔だけであっても従業員全員を覚えているという自負があった。そして、このビルに入居する四つの会社はすべて投資や資産運用にたずさわり、金融上の重要なデータやプログラムを扱っていたので、セキュリティは厳重に管理されていた。したがって、この二人組は間違いなくセキュリティ・スタッフによる検査を通過して、ここまでやって来たことになる。

「ハンプトンさん?」スーツには似合わない声を出す男だった。「私は巡査部長のティムズといいます。そしてこっちが同僚のハリス巡査。このたびはあなたに非常に悲しいことをお伝えしなくてはなりません」

その瞬間、マークの脳裏を様々な思いがよぎった。あてのない考えが次々と心に浮かび、すぐさま打ち消される。誰が？　どこで？　何が起きた？

「奥様はイタリアの方のご自宅にいらっしゃいますよね」

マークは声を出すことができず、ただ頷いた。

「残念ながらそちらで事故があったようです。大変にお気の毒なことですが、奥様が亡くなられました」

時間が止まったように感じた。警官の口の動きは目に入ったし、言葉も聞き取れたが、頭はその意味を理解することができなかった。彼は振り返り、机の方に歩いて行った。その動きは機械的で自動的だった。そして椅子に座り、窓の外に視線を向け、周囲の高層ビル群の見慣れた形を呆然と眺めた。

その間もティムズはずっとマークに話していた。「イタリア警察は、あなたにできるだけ早く現地に来てほしいと要請しております。どなたか付き添える人に私どもで連絡を取った方がいいでしょうか？　こうした事態に対処する――」

「どうして……どうして妻は死んだのですか？」マークが話を遮った。

ティムズは隣のハリスに目をやり、かすかに肩をすくめた。「今朝、掃除婦に発見されました。昨夜のいつ頃かに階段で悪い転び方をして、首の骨を折ったようです」

マークはその言葉にも反応せず、ただ窓の外をじっと眺め続けた。こんなことはあり得ない。何かの間違いに決まってる。誰か別の人の話だ。名前を勘違いされたんじゃないか。絶対にそうだ。

しかし、ティムズは確かにそこにいて、近親を亡くした人に警官が言いそうな言葉を長々と述べていた。なぜ彼はただ黙って、立ち去ってくれないのだろう？

「そのことはご理解いただけましたか？」

「えっ……すみません。もう一度話してもらえますか？」

「あなたはイタリアに行かなくてはなりません。そこで遺体の身元を確認し、葬儀の手配をする必要があります。イタリア警察が最寄りの空港に、おそらくローマの空港だと思いますが、そちらにあなたを迎えに来て、家までお連れします。通訳や手助けする人は向こうの警察の方で準備してくれることでしょう。これでお分かりになりましたか？」

「はい。申し訳ない。これはただ……」そのとき、激しい嗚咽で全身が震えた。彼は顔を手の中にうずめた。「申し訳ない。ショックで……」

ティムズはマークの肩に軽く手を置いた。「お気持ちはよく理解できますよ。さあ、私たちに頼みたいことがあれば何でもおっしゃってください。このメモはスカンドリーリアの地元警察の連絡先詳細です。あと、どなたか連絡したい方がいましたら、私どもで代わりにお伝えしますよ。こういうときにはそばにいてくれる人が必要でしょう」

マークは首を横に振った。「いや、結構です。電話で話せる友人がいますから。どうもありがとう」彼の声は悲痛でかすれていた。

ティムズは彼の手を握り、紙を一枚渡した。「何度もすみません。これは私の連絡先になります。私に何か手助けできることが他にあれば、お知らせください。それではここで失礼します」

声が遠く聞こえなくなると、ついに抑え込んでいた感情が放たれ、涙が溢れてきた。それはジャッキーへの涙であり、自分自身への涙だった。彼女にいつか言うはずだった言葉への涙であり、彼女とともに歩むはずだった人生への涙だった。悪気のない他人のいくつかの言葉で、一瞬にして、彼の人生は完全に変わってしまったのだ。

彼は震える指で手帳をめくり、ある携帯電話の番号を探した。ティムズとかいう奴はひとつだけ正しいことを言った。確かに今のマークには友人が必要だった。そして、その友人といえば、ひとりしか思いつかなかった。

第三章

I

「マークか？　一体どうしたんだ？　何があった？」

クリス・ブロンソンは、ミニ・クーパーを路端に停め、携帯電話を耳に押しつけるようにした。ひどく打ちひしがれている友人の声が聞こえた。

「ジャッキーが……ジャッキーが死んだ。彼女は――」

その言葉を聞いて、ブロンソンは腹を殴られたようなショックを感じた。ジャッキー・ハンプトンは彼にとって常に心の中にある大事な存在だった。いや、かつてはそうだった、と言うべきだろうか。何秒間か、彼はただ車に座り、フロントガラスから外を見つめていた。マークの悲しげな声は聞こえていたが、その内容はほとんど理解できなかった。だが、ようやく気持ちを静めようと努めた。

「何てことだ、マーク。どこでそんな……？　いや、それより何より、おまえは今どこにいるんだ？　そして彼女はどこだ？　すぐにそっちまで行く」

「イタリアなんだ。彼女はイタリアにいて、俺も現地に行かなきゃいけない。そこで身元確認や色々なことをする必要がある。なあ、クリス。おまえはイタリア語ができたよな。それにこういうことを自分ひとりでこなせる自信がないんだ。すごく負担になるのは分かってるが、おまえに頼みたいことがある。仕事を休んでもらって、俺と一緒にイタリアに行ってくれないか？」

一瞬、ブロンソンは躊躇した。突然の強い悲しみと、長い間ずっと抑えていたジャッキーへの思いがないまぜになった。彼は今頼まれていることをこなせるか分からなかったが、確かに自分がいなかったら、マークは対処できないだろうとも思った。

「今急いでやらなきゃいけない仕事はないから、休みを取るのは問題ない。航空機のチケットを予約するとか、準備はしたか？」

「いや、何もしていない。電話をしたのもおまえが最初だ」マークが答えた。

「分かった。すべて俺に任せてくれ」ブロンソンは自分の感情を押し隠した力強い声で言った。「二時間後に迎えに行く。それだけ時間があれば、おまえの方も気持ちの整理がつくだろ？」

「大丈夫だと思う。ありがとう、クリス。本当に恩に着る」

「気にするな。じゃあまた二時間後に」

ブロンソンは携帯電話をポケットにしまったが、それから身動きできなかった。少ししてようやく車のランプを点灯させ、車線に戻った。しなければならないことを数え上げ、実際の雑事に頭を集中させることで、ジャッキーの急死という過酷な現実を考えないようにした。

自宅までは数百メートルしか離れていなかった。バッグに荷物を詰め込むのは三十分とかからない。だが、パスポートを探したり、残額が一番残っているカードを見つけて銀行に行き、ユーロを引き出したりする必要があるだろう。警察署の方にも忌引の無給休暇を申請し、携帯電話の番号を伝えなくてはならない。ハリソンと問題を起こしていても、職場の規則には従う必要がある。

それからロンドンの渋滞をすりぬけて、イルフォードにあるマークのイギリス滞在時のマンションまで行かなくてはならない。やはり二時間くらいだな、とブロンソンは思った。航空機のチケットは予約するつもりはなかった。スタンステッド空港に何時に着くか分からなかったからだ。しかし、午後の何時頃かに、イージージェットか、ライアンエアーでローマ行きの便があったはずだと彼は思った。

II

　壮麗な執務室の電話が外線の受信音を三回鳴らしたところで、ジョゼフ・ヴェルトゥッティ枢機卿は、机まで近づき電話を取った。

「ジョゼフ・ヴェルトゥッティだ」

「あんたに会わなくてはならない」電話の向こうの声は聞き覚えがなかったが、その威厳だけは、はっきりと伝わってきた。

「一体誰だ?」

「そんなことはどうでもいいだろう。例の写本に関係した話だ」

　一瞬の間、ヴェルトゥッティは、この得体の知れない電話の主が何について話しているのか分からなかった。ようやく気づくと、彼は思わず机の角をつかんで体を支えた。

「例の……その後は何て言った?」

「あんたたちにも我々にもそれほど時間が残されていないんだ。だからあまりもったいぶった真似はやめてもらいたい。私が話しているのはウィタリアヌス写本のことだ。あんた方が教皇庁の内赦院の奥にしまい込んでいる文書だよ」

「ウィタリアヌス写本。今確かにそう言ったな?」口にした瞬間、ヴェルトゥッティはその問いかけの奇妙さに気づいた。ウィタリアヌス写本の存在それ自体、バチカンの中でもごくわずかの人間しか知らず、どう考えても、ローマ教皇庁の外では誰も知らないはずなのだ。だが、電話の相手は外線直通番号にかけてきているのだから、バチカンの壁の外から電話してきているということになる。そして、男が次に発した言葉で、ヴェルトゥッティの疑念は確信に変わった。

「確かにそう言った。さて、バチカンの非公開区域への出入許可証を出してもらう必要があるが——」

「いや、ここは駄目だ。外でなら会おう」と、ヴェルトゥッティが遮って言った。謎の電話相手を教皇庁に入れるのは容認できない。彼は机の引き出しを開け、ローマ市の地図を取り出した。指をすばやくバチカン駅から南へとすべらせる。「サンタ・マリア・アッレ・フォルナチ広場にしよう。サン・ピエトロ大聖堂から通りを三つほど隔てたところだ。そこの東側、教会の向かいにカフェがある」

「その店は知っている。何時がいい?」

ヴェルトゥッティは、機械的に予定表へ目をやったが、午前中に会うつもりはなかった。考える時間が欲しかったのだ。「午後四時三〇分はどうだ。それで君をどうやって見つけたらいい?」

ヴェルトゥッティの耳に含み笑いが聞こえた。「心配しなくていい、枢機卿。私が見つける」

III

　ブロンソンは、ミニ・クーパーをスタンステッド空港の長期駐車場に入れると、車をロックし、マークを連れて、ターミナルへと向かった。それぞれ機内に持ち込むバッグを手にし、ブロンソンは加えて小型のパソコンケースも持っていた。

　タンブリッジ・ウェルスの署からイルフォードにあるマークのマンションまで、ちょうど一時間あまりかかった。着いたとき、マークは外で立って待っていた。そこからM11号線を北へと突っ走り、スタンステッドには一時間とかからなかった。

「本当に恩に着るよ、クリス」マークが感謝を口にしたのは、車に乗ってから少なくとも五回目だ。

「友達なら当然のことだ。気にしなくていい」

「なあ、変なふうに受け取らないでほしいんだが、警察官の仕事は割に合わないと聞くし、それに俺をここまで連れて来てくれたんだ。もろもろの支払いは俺が持つよ」

「そんなのいいのに」ブロンソンは曖昧に反対したが、実のところ、旅の費用は悩みの種になっていた。銀行からは限度額のかなり近くまで借りているし、クレジットカードもこれ以上ペナルティを受けるわけにいかない。それに、ハリソンのせいで停職させられるかもしれなかったから、もしそうなれば給料にどういう影響が出るか分からない。一方マークは、前回のボーナスが軽々と一〇万ポンドを超えていて、経済的に余裕があった。

「何も言わないでくれ。俺が自分で決めたんだ」

昼下がりの空港に着くと、エア・ベルリンのローマ・フィウミチーノ空港行きの便はついさっき出発したばかりだったが、五時三〇分のライアンエアー便には悠々間に合った。これに乗れば、ローマ・チャンピーノ空港に現地時間で九時前に着く。マークがゴールドカードで支払って、搭乗券を二枚受け取り、二人でセキュリティチェックを通過した。

搭乗口近くのカフェにいくつか空いた席があったので、飲み物を買って座り、搭乗アナウンスを待つことにした。

空港までの道中、マークはほとんどしゃべらなかった。きっとショック状態からまだ抜け出せないのだろう。目の周りが赤く腫れている。しかし、ブロンソンはどうしてもジャッキーに何が起こったのか知りたかった。

「警察は何て言ってたんだ?」彼はついに切り出した。

「あまり多くのことは言わなかった。ロンドン警視庁はイタリア警察から連絡を受けたそうだ。今朝、イタリア警察に私たちの家から緊急通報があった。掃除婦がいつも通り家に来たらしいんだが、玄関のベルを鳴らしても応答がなかったから、彼女は鍵を使って中に入った――」一瞬、マークは絞るようにまぶたを閉じた。それから、ティッシュを取り出し、目に押し当てた。「すまない。彼女が警察に語った話では、玄関ホールの床で死んでいるジャッキーを発見したということだ。イタリア警察によると、ジャッキーは階段でつまずき、側頭部を手すりにぶつけたようだ。スリッパが階段の途中に残っていたらしい」

「そのせいで……」ブロンソンが先に言った。

マークは頷いた。絶望の深さが見て取れた。「そうだ。そのせいで彼女は首の骨を折った」言葉の終わりまで来て声がかすれ、マークは水を一口すすった。

「ともかく」と彼は話を続けた。「イタリア警察は掃除婦のマリア・パローモから俺がロンドンで働いていることを聞いた。それでローマのイギリス大使館を通じて俺を見つけ、こっちの警察に連絡したってわけだ」

それがマークが知っているすべてだった。そして情報が少ないことが、かえって憶測を促した。実際これからの数時間、彼は何度も彼女が死んだ理由を考え続け、それ以外のことはほとんど上の空だろう。ブロンソンは彼の好きなようにさせようと思った。とことん考えるのは、マークの心の安定にもいいだろう。それに、ブロンソン自身にとってもその方が都合が良かった。これであまり会話をせず、ただ座って、長い年月に思いを馳せ、ジャッキーのことを、結婚前のジャッキー・エヴァンスだった頃の彼女のことをずっと考えていられる。

ブロンソンとマークは高校時代からの仲だった。その後は全く別の道を選んだにも拘わらず、築いた友情は長く続いていた。そして、ほとんど同じ頃から、二人ともジャッキーのことを知っていた。ブロンソンはどうしようもないほどに彼女に恋焦がれた。だが、彼女の目にはマークしか映っていなかった。ブロンソンは自分の思いを隠し続け、彼女がマークと結婚したとき、新郎の付き添い人を務めた。その結婚式には、新婦の付き添い人のひとりにアンジェラ・ルイスがいた。この娘がそれから一年と経たないうちに、ブロンソン夫人になった。

「すまない、クリス」ようやくボーイング737機の後部座席に座ると、マークがつぶやいた。「俺はさっきから自分とジャッキーの話をしてばかりだ。うんざりしてるだろ」

「もしその話をしてなかったら、逆に心配になったさ。今のおまえにとって、話すことはいいことだと思う。話していくうちに、起きたことに折り合いがつけられるようになっていく。俺がここに座って聞いている分には、全く構わないよ」

「ああ、そう言ってくれると助かるよ。でも話題を変えよう。アンジェラはどうしてる？」

ブロンソンはかすかな笑みを浮かべた。「それほどいい話題ではないな。最近、離婚調停が済んだところだ」

「すまない、考えが及ばなかった。それなら彼女は今どこに住んでるんだ？」

「ロンドン市内に小ぶりなマンションを買った。俺はタンブリッジの小さな家に住み続けている」

「今でも会って話したりするのか？」

「うん。ようやく弁護士が関わらなくなったしな。今は話すよ。でも、特別いい関係というわけでもない。俺たち夫婦は単に相性が悪かったんだろう。子供でも生まれて問題が複雑になる前にそれが分かって良かったよ」

　相性。離婚について誰かに聞かれれば、俺もアンジェラもいつも相性を理由にしている、とブロンソンは密かに思った。しかし、彼女が本当にそう信じているのかは分からない。いずれにしても、結婚がうまくいかなかったのは、相性のせいではなかった。今にして思えば、最初から彼女とは、いや、他の誰とも結婚するべきではなかったのだろう。なぜなら、ずっとジャッキーのことを愛していたからだ。失恋の反動で結婚してしまったのだ。

「彼女はまだ大英博物館にいるのか？」

　ブロンソンは頷いた。「今でも陶磁器の管理をしている。それも別れた理由のひとつだと思う。彼女はそこで長時間働いて、さらに現地調査に毎年行かなきゃいけない。その上、俺が警官だから時間は不規則だしな。一緒に家にいたことさえほとんどなかった。それで俺たちはメモで連絡しあうような関係になってしまったわけだ」

口から嘘が次々と出てきた。本当のことを言えば、結婚から一年半も経つと、ブロンソンは自ら進んで残業をするようになった。仕事はいくらでもあった。その方が、家に帰って、不満のある関係と次第に増えていく諍《いさか》いに直面するより気楽だったのだ。

「彼女は自分の仕事を愛しているし、俺も警官の仕事を愛している。まあ、よくある話だ。どちらも自分の仕事を諦められなかった。だから、最終的にお互い別の道を進むことにしたんだ。一番いい選択だったと思う」

「仕事の調子はどうだ?」マークが訊ねた。

「実はひとつだけ問題がある。上官とされる人物が無学な馬鹿で、俺が今の署に足を踏み入れた初日から、俺のことを嫌ってる。今朝、ついに決定的な衝突をしたよ。イタリアから戻ったら、仕事にあぶれているかもしれない」

「悪い方に考えるなよ、クリス。何にせよ、もっといい仕事だってあるはずだ」

「そうだな。でも俺は警官の仕事が好きなんだ。俺の人生を不幸なものにしようと全力を尽くすハリソンみたいな奴がいてもだ。異動願いを出した。別の署に行けるはずだと思うことにするさ」

第四章

ジョゼフ・ヴェルトゥッティは、普通の服に着替え、教皇庁を出て、ピエトロ駅通りを大股に歩いた。軽い生地のブルーのジャケットとズボンで、彼はイタリアのどこにでもいそうな、やや太りすぎのビジネスマンに見えた。

彼は教理省の長官を務める枢機卿だ。教理省はローマ異端審問所の直系の後継組織に当たり、教皇庁の九つある省のうち、最古の歴史を持っている。現在の組織が持つ権限は、異端者を生きたまま火あぶりにして処刑していた時代とあまり変わらない。やり方がいくらか洗練されただけだ。その責任者がヴェルトゥッティだった。

待ち合わせの広場にある教会を過ぎても南に歩き続け、それから通りの東側へと渡った。そして今度は北に方向を変え、その広場に戻る。カフェのある建物は明るい赤と緑に塗装されていて、テラス席を午後の日差しから守るマルティーニのパラソルと色彩を引き立て合っていた。席はだいぶ埋まっていたが、端の方には三つか四つ、空いたテーブルがあった。ヴェルトゥッティはそのひとつに近づき、椅子を引いて座った。

しばらくしてようやくウエイターがやって来ると、ヴェルトゥッティはカフェラテを頼んだ。それから、椅子に体をもたせかけて周囲を確認し、時計に目をやった。四時二〇分。ちょうどいい時間だ。

十分後、彼の前に愛想のないウエイターが大きなマグカップを無造作に置いた。カフェラテが少しソーサーにこぼれる。ウエイターが立ち去ると、グレーのスーツに身を包み、スポーツサングラスをかけた体格のいい男が、テーブルの反対側の椅子を引き、腰を下ろした。

同じ瞬間、その周りを囲むかのように、ダークスーツにサングラスの若い二人の男がそれぞれ別々のテーブル席についた。二人とも頑強な体つきで迫力に満ち、威嚇する雰囲気が強烈ににじみ出ている。彼らはヴェルトゥッティを冷淡に眺め、それからカフェの前の通りや行き交う人々を見渡した。ヴェルトゥッティは店に着いてからずっと、通りを注意深く見ていたにも拘わらず、この三人の男がどこから現われたのか全く分からなかった。

男たちが座るとすぐにまたウエイターがやって来て、オーダーを聞き、ヴェルトゥッティのこぼれたカフェラテを下げていった。そして、一分とかからずに、カフェラテを二つトレーに載せ、クロワッサンとスイートロールが入ったバスケットを手に戻って来た。

「この店には顔が利くんだ」男が話の口火を切った。

「君は実際のところ何者なんだ？　教会の人間なのか？」ヴェルトゥッティが訊ねた。

「名前はグレゴーリ・マンディーノ。ちなみにカトリック教会と直接のつながりがないことは嬉しく思っている」

「それなら、何であの写本のことを知っているんだ？」

「知ることが仕事だからだ。もっと詳しく言えば――」マンディーノは、誰かに盗み聞きされてないか確かめるように辺りを眺めてから、付け加えた。「あの写本が示す文書が発見された兆候がないか監視することで報酬を得ている」

「誰からの報酬なんだ？」

「あんた方からだ。正確にはバチカンから。我々の組織はルーツこそシチリアだが、現在はローマをはじめイタリア中で手広くビジネスを展開している。母なる教会ともう百五十年ほど親密な関係にある」

「そんな話は聞いたことがない。一体どういう組織なんだ？」ヴェルトゥッティが早口に応じた。

「よく考えれば分かる」

しばらくの間、ヴェルトゥッティはマンディーノの顔に視線を据えたが分からなかった。しかし、両側のテーブルに目を移し、飲み物にも手をつけずに油断なく人込みを監視する二人の若い男を見た瞬間、ようやく気づいた。血色の良い顔に不信の念が刻まれる。ヴェルトゥッティは首を横に振った。

「我々がコーザ・ノストラと関わってきたなど信じるわけにはいかん」

「いや、関わってきたのさ」マンディーノは何度も頷きながら言った。「事実として、十九世紀半ば以来からな。信じられないんだったら、バチカンに戻って調べてみればいい。しかし、ひとまずは、私にバチカンの正史から削除された事実について話させてほしい。教皇在位が最も長かったジョヴァンニ・マリア・マスタイ＝フェレッティ、すなわちピウス九世は――」

「知っているからくだらん説明はいらんぞ」じれったい様子でヴェルトゥッティが言った。

「そう言ってくれると助かる。それなら、統一したばかりのイタリア王国によって、一八七〇年にピウス九世が事実上包囲されたことも知ってるはずだ。その十年前に、イタリア王国はシチリアと教皇領を自国に併合した。以来、我々シチリア人もイタリア王国に従っていたが、ピウス九世はそれをやめるようカトリック信者に呼びかけた。我々シチリアと教皇庁の非公式の関係はそのときに始まり、それからずっと助け合っているというわけだ」

「全くもって馬鹿げた話だ」ヴェルトゥッティは怒りに満ちた声で言った。そして、顔を紅潮させ、腕を組み、椅子の背にもたれかかった。このマンディーノというチンピラは、母なる教会において、最も古く神聖で重要なバチカンが、過去百五十年間、地球上で最も悪名高い犯罪組織と深く関わっていたと言っているのだ。普段だったら、笑い飛ばして済む話だったろう。

しかし残念ながら、今日はローマ教皇庁の枢機卿である自分が、マフィアの幹部とローマ市内のカフェテラスで同席している。その上、この男が上級幹部であることは間違いない。通常は無愛想なウエイターが見せる敬意や二人のボディーガードの存在、さらにこの男自身が発する威厳と支配力に満ちた風格からもそれは明らかだ。そして、このマフィアの男は、バチカンの文書保管所に隠された文書について知っている。しかもその文書は、その存在さえもがカトリック教会において最も厳守されている秘密のひとつであると、ヴェルトゥッティが考えていたものだったのだ。

マンディーノの話は終わらなかった。「もうゲームは始まってるんだよ、猊下」その敬称はほとんど嘲笑のように響いた。「私も子供のときにカトリックの洗礼を受けた。イタリアの子供のほとんどはそうだろう。だが、私はもう四十年間も教会に足を踏み入れていない。それはキリスト教など世迷言だと分かっているからだ。他のあらゆる宗教と同じように、キリスト教も完全に虚構に基づいている」

ヴェルトゥッティ枢機卿は顔を青くした。「それはひどい冒瀆だぞ。カトリック教会は、我が主イエス・キリストの一生の行ないと言葉に基づき、二千年前に発祥している。そしてバチカンは、世界中ほぼすべての国に数え切れないほどの信者を持つ宗教の中心地なのだ。よくもぬけぬけと、自分ばかりが正しく、他人はみんな間違っているなどと言えたものだな」

「いくらでも言ってやろう。私はカトリック教会が使う目くらましにだまされず、自分で調べ上げたからな。どんなものでも、信じている人が多いからといって、それが真実だという保証にはならない。かつては多くの人々が、地球は平らで太陽と星は地球の周りを回転しているのだと信じていた。現在のキリスト教徒もそれと同じように間違っているわけさ」

「君の傲慢さには驚くね。キリスト教には、神の子イエス・キリスト自身の言葉という確かな拠り所があるのだ。君は本気で神の言葉、つまり聖書の真実性を否定するつもりなのか?」

マンディーノはかすかに笑みを浮かべ、頷いた。「あんたは一気に問題の核心まで来たよ、枢機卿。神の言葉などというものはない。あるのは人の言葉だけだ。これまで書かれたあらゆる宗教文書は人間の産物だ。たいていは自分の個人的な利益のために、あるいは自分の生活に都合のいいように書いたものだ。神の存在を証明するものがあるのだったら、ひとつでもいいから教えてくれ」

ヴェルトゥッティは言葉を返そうと口を開いたが、その前にマンディーノがたたみかけた。

「分かるさ。あんたは信仰を持たなくてはならない。だが、私には不要だ。キリスト教を学んだおかげで、それが教会やバチカンの支配者たちがろくな仕事をしなくても贅沢に暮らせるよう、人々を従順にさせるために作られた阿片だと知っているからな。

あんたは神の存在を証明できないが、私はキリストが存在しなかったことをほぼ証明できる。イエス・キリストについて言及があるのは、ただひとつ新約聖書の中だけだ。だが、この新約聖書という代物は、著しく編集された寄せ集めの文書であって、キリストと同時代に書かれたものは全くひとつもない。あんたが認めるかどうかは別として、これが事実だとは分かっていると思う。そして、このような『承認された』福音書を正典とするために、教会はキリスト神話と明らかに矛盾する、他の多くの文書を禁止したんだ。

もし、キリストが本当にカリスマ的で影響力のある指導者であり、教会が言うように奇跡などの行為を実際に行なったのだとしたら、どうして同時代のギリシャ、ローマ、ユダヤの文献にキリストについて言及したものがひとつもないのか？　この男が重要な人物であり、あれほど献身的な信奉者を引き寄せ、支配するローマ軍の悩みの種だったのだとしたら、なぜ誰も彼について書かなかったのか？　結局、教会が数世紀に渡って作り上げ、編集してきた『資料』である新約聖書の中にしかキリストはおらず、それ以外に一片も彼の存在を示す証拠はないのだ」

教会関係者はみなそうだが、ヴェルトゥッティも神の言葉を疑う人々には慣れっこになっている。ますます信仰心が薄れていく世界にあっては、それも仕方のないことだろう。しかし、マンディーノはほとんど病的なほどに教会とそれに関係するすべてのものを憎んでいるようだ。そう考えると、当然の疑問が生まれてきた。

「マンディーノ、君がそこまで教会を憎み、軽蔑しているのだったら、一体なぜこの案件に関わるのだろうか？　君にとっては、カトリック教会の未来など心配する必要はないじゃないか」

「もう話したはずだ、枢機卿。我々はこの仕事を大昔に請け負った。そして私の組織は真剣にその責任を引き受けている。自分の感情がどうあれ、私はこの仕事を完遂するために全力を尽くす」

「君のような男は昔なら異端扱いされたところだ。今の時代に生まれて幸運だったな」

「そうだろう。中世だったら、あんたは間違いなく私に考えを改めさせるために、杭に縛りつけ、生きたまま火あぶりにしただろうな」

ヴェルトゥッティはカフェラテを一口すすった。マンディーノに対しては会った瞬間から激しい嫌悪感を抱いていたにも関わらず、現在の危機を打開するためには彼と手を結ばねばならないということが分かっていた。彼はマグカップをテーブルに置き、相手の顔を真っ直ぐ見据えた。

「教会とバチカンについて、私たちの見解が異なるということは認めなければならないが、私はそれよりも目の前にある問題の方が気にかかる。君は明らかに例の写本について何かを知ってるようだ。一体誰から聞いたんだ?」

マンディーノは頷き、体を乗り出すようにした。「私の組織は百年ほど前からその写本の元となった文書を探している。この任務はずっとローマのファミリーの首領——カポファミーリア——が全責任を負っている。その責任を両肩に引き受けることになったとき、読むべきものとして一冊の本を与えられたが、そこに書かれていることが私にはよく理解できなかった。それで、元々この任務に指令を出した教理省に説明を求めたんだ。そしたら、あんたの前任者がずいぶん親切でね。この任務の重要性を理解するのに役立つことを色々教えてくれたんだ」

「そんなことをするとは、彼は軽率だったな」ヴェルトゥッティは怒りのこもった低い声で言った。「この件は、バチカンの中でも最も信頼できる幹部の数人しか知らないことなのだ。彼は君にどこまで話した?」

「それほどたくさんは話さなかったさ」今度はなだめるような調子でマンディーノは言った。「彼はただ、キリスト教会が失われた文書を何世紀も探していると教えてくれただけだ。バチカンの人間以外がその古文書を手にすることだけは絶対に防がなくてはならないと」

「それだけか？」

「だいたいそんなところだ」

ヴェルトゥッティは安堵が胸に広がるのを感じた。前任者が漏らした情報がその程度なら、実害はそれほど大きくなさそうだ。ウィタリアヌス写本は、バチカンの内赦院に隠された無数の秘密の中でも、間違いなく特に隠匿しておきたいものだが、どうやら今のところはこの極秘情報が完全に漏れたわけではないようだ。しかし、難しいのは、グレゴーリ・マンディーノをどこまで信頼していいかということだった。

「君があの写本について知っているということは分かった。だが、なぜ君が電話をしてきたのか、その理由が分からない。新たな情報でもあるのか？　何か起こったとか」

マンディーノはその質問を無視したようだった。「話を急がないでくれ、猊下。あんたはどうやら知らないようだが、私の部下たちは、写本の中の重要な文や単語が一般に公開されたりしていないか、いつも監視している。この作業は、あんたの教理省から百年以上前に文書で与えられた指示に従っているものだ。

それで我々は適切な場所に、それぞれ監視システムを備えているが、インターネットが盛んになってからは、ラテン語などの死語を翻訳するサイトにも注目してきた。自動翻訳サイトやもっと専門的なサイトの両方だ。あんたの前任者と合意して、我々はこのローマに小さな事務所を設けている。表向きは古文書の発見、検証、研究にたずさわる事務所だ。そこで、ラテン語、ヘブライ語、古代ギリシャ語、コプト語、アラム語の翻訳者を探し、学術研究を装って、対象となる言葉が入った文を受け取ったらすぐに翻訳してくれるように依頼した。ほとんど全員が協力に同意したよ。

我々はまた自動翻訳サイトにも接触した。彼らとの交渉はもっと簡単だったよ。教皇のための仕事をしてると言うだけで、すぐに協力してもらえるとは驚くべきことだ。我々は単に各言語のサイトに同じ単語リストを送った。そしたら、条件に適合した翻訳リクエストがあればすぐさま我々に報告すると、依頼したすべてのサイト運営者が同意してくれたのさ。そういうサイトの多くは報告も自動化していて、問題となる単語や文とともにその翻訳をリクエストした人物の個人情報も分かる限りEメールで送信される仕組みになっている。個人情報といっても名前やメールアドレスは時々しか分からなかったが、少なくともＩＰアドレスだけは常に分かった」

「アイピー……それは一体何なんだ?」ヴェルトゥッティが訊ねた。

「インターネット上で接続元を識別する番号だ。我々はそれを使って、相手の住所、あるいは相手のコンピューターのある場所を特定することができる。もちろん、相手がネットカフェを使っていた場合は、特定に手間はかかったがな」

「それで何か見つかったのかね？」

「見つかった。まあ、我慢して聞いてくれ。我々は何ひとつ逃さないよう、網を広く張るつもりで非常に多くの言葉を監視対象として指定した。また、受信したメールをスキャンして、最も適合するメールを特定するプログラムを動作させた。これは構文検査プログラムというやつだ。先週までは、四二パーセント以上適合した文は見つからなかった。だが、二日前に我々はこいつを受信したんだ」マンディーノはジャケットのポケットに手を入れ、一枚の紙を取り出した。そして、それを開き、ヴェルトゥッティに渡した。「構文検査プログラムが七三〜七六パーセントを記録したんだ。これまで得た最高記録のほぼ倍にあたる」

ヴェルトゥッティは、その紙切れに目を落とした。そこには、ラテン語の単語が三つ大文字でタイプされていた。

HIC VANIDICI LATITANT

第五章

I

「これはどこで見つかったんだ？　正確に言ってくれ」ジョゼフ・ヴェルトゥッティ枢機卿は、手にした紙片から目を離さずに訊ねた。ラテン語の下にはイタリア語の翻訳が書かれている。

「自動翻訳サイトだ。サーバーがあるのはアメリカで、正確にはバージニア州アーリントン。だが、照会があったのはイタリアで、ローマから数キロの場所だ」

「なぜアメリカのサイトを選んだのだろうか？」

「インターネットの世界では、地理上の位置は問題にならない。簡単に使えて、速く、総合的だと思われたサイトが使われるのさ」

「それでこれに書いてあるのはそのプログラムがした翻訳なのか？」

「いや、違う。そのアメリカのサイトは、《この場所あるいは位置に嘘つきが隠されている》と訳したんだ。これは好意的に見てもぎこちない。専門家に訳してもらったのは、もっとすっきりしていた。《嘘つきたち、ここに眠る》」

「このラテン語の意味は明確だ」ヴェルトゥッティがつぶやいた。「《HIC》はもちろん《ここに》という意味だ。《VANIDICI》だが、これはむしろ《VATIS MENDACIS》、つまり《偽の預言者たち》ということではないかな。しかし、問題はなぜ最後が《LATITANT》なのかということだ。間違いなく、《OCCUBANT》の方が正確だと思うのだが」

マンディーノは口元に笑みをのぞかせ、二枚の写真を取り出した。「そう来ると思ったさ、猊下。この碑文が墓地で見つかったんだとしたら、あんたの言い分が正しかっただろう。《OCCUBANT》、すなわち、《埋葬される》または《墓に永眠する》がずっと適しているだろうな。だが、この銘文は墓石に刻まれていたものではない。モンティ・サビーニ地域の六百年前の農家を改修した家で、暖炉の上にある小さな長方形の壁石に刻印されていたんだ」

「何だって」ヴェルトゥッティはショックを受けた。「その写真を見せてくれ」

マンディーノが写真を手渡すと、ヴェルトゥッティはしばらくの間それをじっと眺めた。一枚は刻印をクローズアップして撮影したもので、もう一枚は大きな暖炉とその上の壁石を全体的に捉えたものだった。「それで、なぜ君はこれが例の写本と関係があるとそこまで確信しているのかね？」

「最初は確信を持てなかった。それでさらに調査してみようと決めたのさ。そしたら残念ながら事態は悪い方に進んだ」

「説明してくれ」

「この翻訳を照会した人物はメールアドレスを残していた。それがその翻訳サイトを利用する条件だったからだ。おかげで追跡がずいぶん楽になった。我々はその翻訳依頼が送信された家を特定した。ポンティチェッリ - スカンドリーリア間の道路から少し離れた場所にある家だ。そして、昨年その家をハンプトンというイギリス人夫婦が購入していたことも分かった」

「それで君たちは何をしでかしたんだ？」ヴェルトゥッティは最悪の事態を恐れつつ訊ねた。

「二人の男をその家に送り込むよう部下に指示を出したとき、我々はその夫婦がイギリスに行っていると思っていた。知らなかったことだが、ハンプトン夫人は家に残っていたんだな。彼女は何らかの理由で夫について行かなかったらしい。二人組が侵入し、あのラテン語の文を探すと、すぐにそれが暖炉の上の壁石に刻まれていることが分かった。壁は漆喰に覆われていたが、それを建築会社がはがしている途中だったようで、石が部分的に露わになっていた。そこに刻印があった」

「二人組にはラテン語の文とそれに関連しそうなものなら何でも見つけるようにと指示を出してあった。それで彼らはまず、他に刻印がないか、壁石全体を調べることにしたんだ。彼らは漆喰を削り落とし始めたんだが、その音がハンプトン夫人に聞こえて、彼女は確認しようと一階に下りてきた。そこで起きていることを見て、逃げ出した。ひとりが追いかけると、彼女は階段を踏み外して、首の骨を折った。単なる事故だ」

無実の女性の死。これはヴェルトゥッティの予想よりもひどい事態だった。「単なる事故だって？　私がそんなの信じると思ってるのか？　君たちのような組織のやり口は知っている。君の部下が押したんじゃないのか？　あるいは殴り殺したとか」

マンディーノは冷たく笑った。「私は報告されたことをそのまま言うしかない。あの家で本当は何が起きたのかなんてこの先も分からん。それにいずれにしても彼女は死ななければならなかっただろう。制裁の掟は絶対的なものだと私は理解している」

七世紀の中頃、教皇ウィタリアヌスは問題の写本を自らの手で書いた。その内容は最も忠実な書記にさえ漏らしたくなかったのだ。それから数世紀、写本の内容は、バチカン内でも教皇をはじめとする信頼に足る幹部のごく数人しか知らなかった。禁断の遺物がわずかでも表面化しようものなら、ウィタリアヌスがかつて示唆した処置、いわゆる「ウィタリアヌスの制裁」を誰も躊躇しなかった。ただ、それも写本の内容を考えれば驚くべきことではない。

「この私に《制裁》について講義するとは図々しいな。そもそも、どうしてそれを知ってるんだ?」ヴェルトゥッティの目は苛立ちでぎらついていた。

マンディーノは肩をすくめた。「これもあんたの前任者からだ。その文書を見つけたり、内容を知った者はキリスト教会にとって危険人物と見なされ、命を失うだろうとな。もちろん彼は教会のために私に教えたわけだ」

「あの枢機卿は大げさに言いすぎだ」ヴェルトゥッティは体を前のめりにして力説した。「その文書は取り戻さなくてはならないし、公になるのは絶対に避けなければならない。それは確かにその通りだ。しかし、制裁の条項については極秘だが、少なくとも暗殺が推奨されていないことは保証してもいい」

「どうかな、猊下。キリスト教会は過去に公然と暗殺をしてきた。それどころか、バチカンはそうした暗殺を黙認してきた。あんたもよく知ってるはずだ」

「くだらん。ひとつでも例を挙げてみろ」

「簡単さ。教皇ピウス十一世が一九三九年に暗殺されたのは、まず間違いない。彼が予定していたファシズム批判の重要な演説を阻止するためだ。教皇庁としてはファシズムを受け入れることを決めた頃だったからな。後を継いだピウス十二世は公然とナチスを支持したのだから不思議はない」

「愚かな主張だ。立証されたことはない」

マンディーノも同じように怒りを見せて反論した。「もちろん立証はされてないさ。しかし、それはバチカンが教皇庁内部で起きた事件に対して、第三者の調査を許してこなかったせいだろう。バチカンが認めないことだからといって、それが起こらなかった、あるいは存在しなかったということにはならない」

「キリスト教会の評判を汚すためなら、どんな嘘でも言う輩もいるのだ」相手をやり込めたと確信して、ヴェルトゥッティは椅子に背をもたせかけた。「それにしても君の偽善には驚くね。君みたいな人がこの私に道徳について語り、殺人を非難するとはね」

「偽善でも何でもないよ、猊下」マンディーノは再びあざ笑うかのように言った。「少なくともコーザ・ノストラは宗教という権威に隠れたりしない。我々と同じように、カトリック教会の手はこれまでずっと血で赤く汚れてきた。そして今も」

しばらくの間、両者はテーブルを挟んでにらみ合いながら押し黙った。ふと、ヴェルトゥッティが視線を落とした。

「こんなこと言い合っても何にもならない。私たちが協力し合わなくてはならないのは明らかなんだしな」ヴェルトゥッティはコーヒーをもう一口すすり、ムードを変える合図を送った。「ところで、君の部下たちの探索はうまくいったのか？　他の手がかりが見つかったとか」

「それほどのものはない」数分前に罵り合っていたとは思えないほど静かに、マンディーノは答えた。「ラテン語の文はハンプトンが見つけたのと同じものしかなかった。部下の二人は石から漆喰をはがし、写真を撮影し、メモもとったが、他の言葉は見つからなかった」

ヴェルトゥッティは首を横に振った。それなら単なる死ではなく、全くの無駄死にだ。

「ということは、その家の女性は意味もなく死んだと君は言っていることになるな」

マンディーノは引きつった笑みで言った。「完全にそうだというわけでもない。ハンプトンは重要ではないと思ったのか、無視していたものを見つけた。この写真をよく見てくれ。そしたら分かるはずだ」

ヴェルトゥッティは写真を受け取った。それは刻印をクローズアップしたものだった。彼はそれを数秒の間じっと見た。「刻印以外には何も見えんぞ」

「いや、別の単語があるわけじゃない。八つの文字さ。二文字の組がひとつ、三文字の組がひとつ、接近して刻まれている。そこから少し離れて、三文字の組がもうひとつ。すべて刻印の下にとても小さく書かれていて、署名のように見える」マンディーノはここで話を止め、一息ついた。「最初の二組の文字列は、《PO》と《LDA》だ。我々ならこれが意味するものが分かると思う。そして、離れた三文字は《MAM》、これは《マルクス・アシヌス・マルケルス》を意味していると考えられる。これだけ証拠があれば十分だ」

II

家には誰もいるはずがないと分かっていたが、ローガンとアルベルティは夜の一〇時三〇分まで待ってから、家へと近づいて行った。それくらいの時間までは警官が配置されている可能性があったからだ。ローガンは家の裏へと回り、明かりがついていないか、外に駐車されている車はないか確認した。問題ない。安心して、アルベルティとともに裏口へと歩いて行く。

彼らは二人とも、この家の女を死なせてしまったせいで、マンディーノとその片腕カルロッティの機嫌を著しく損ねていることを痛烈に自覚していた。だからこそ、カルロッティから与えられた指示の目的はよく分からなかったものの、今度こそ任務を完璧にこなそうと決心していた。

アルベルティは組立式の金てこをポケットから取り出すと、先端部分をドアの隙間に挿し、そっとこじ開けた。かすかに割れる音がして、錠を留めているネジが昨晩と同じようにするりと抜け、ドアが開いた。

彼らは前回と同じく玄関ドアから逃げるつもりだった。アルベルティが錠を元に戻している間に、ローガンは家の中に入り、ペンライトで前を照らしながら、階段を上って、二階へと向かう。探しているものがどこにあるか分からなかったので、すべての部屋を調べたが見つからなかった。とすると、一階のどこかにあるに違いない。

玄関ホールには四つのドアがあり、三番目に開けた場所が小さな書斎となっていた。やはりあった。机の上をペンライトで照らすと、薄型のパソコンモニター、キーボード、マウスが見え、机の横にはパソコン本体が床に置かれていた。部屋にはまた、電話とスキャナを備えたプリンタ複合機があり、紙やペンやポストイットなど、小さな事務所にありそうなものが他にも色々と散らばっていた。

「素晴らしい」ローガンはつぶやいた。窓に近づき、窓ガラスの外の鎧戸が閉まっていることを確かめ、カーテンを引いた。そうしてやっと部屋の明かりをつけた。

机の前にある革張りの回転椅子に座り、パソコンとモニターの電源を入れた。起動を待つ間に、机の上の紙を素早く調べ、刻印についてのメモがないか探す。すると、あのラテン語の三つの単語とその下に英語訳が書かれた紙が一枚見つかった。その紙を折ってポケットに入れ、さらに探したが、他には何もなかった。

ウィンドウズのデスクトップ画面が表示されると、マウスを動かしてインターネット・エクスプローラーを開いた。メニューから「インターネット・オプション」を選択し、ウェブサイトの閲覧履歴を削除した。「お気に入り」リストも調べ、カルロッティが指定したサイトと類似するものがないか探したが、それは見つからなかった。それから、これもまたカルロッティの指示通りに、アウトルック・エクスプレスのメールに目を通したが、今度も無駄に終わった。ローガンは指示を書いたメモを再確認し、肩をすくめて、パソコンをシャットダウンした。

彼は最後に部屋の中を見渡し、明かりを消して外に出た。玄関ホールでアルベルティが待っていた。

「リビングをもう一度調べよう」ローガンは言い、部屋に入って行った。暖炉の上の新しい漆喰は、触るとまだ少し湿っていたが、色は隣の壁とよく合っていた。

今は漆喰で見えなくなっている刻印を示す写真や絵がないか、部屋中を徹底的に調べ上げた。しかし、見つからなかった。

「これくらいでいいだろう。首領《カーポ》が望むことはすべてやったはずだ。さあ、ずらかろう」とローガンは言った。

二十五分後、三十キロほど離れたところで、ローガンは書斎のカーテンが閉めっぱなしだったことに気づいた。戻るべきかどうか考えて、アクセルを踏む足を緩めたが、結局は問題ないだろうと思い直した。誰もカーテンが閉まっていることなんて、気にも留めない。

第六章

タクシーが砂利の私道に入って行ったのは、午前〇時に近かった。ヘッドライトがローザ館の古い石壁に当たり、庭をポツンと横切っていたキツネが驚いている。車が停まると、マークはひどく疲れている様子で、家を複雑な表情で見ていた。二人はトランクからバッグを出し、タクシーが去って行くのを見送った。

「ここでちょっと待っててくれ、マーク。まず俺が行く」

マークは声を出さずに頷き、上着のポケットから鍵の束を出して渡した。ブロンソンは自分のバッグを地面に置き、玄関まで歩いて鍵を開けた。ドアから中に足を踏み入れると、玄関ホールの明かりがついた。

広いオーク材の階段とその下の石床が、どうしても最初に目に入ってきた。だが、それは彼が恐れていたほどの光景ではなかった。ジャッキーの頭部から流れた血の跡が、わずかに円状の変色になっている。誰かが、おそらく掃除婦のマリア・パローモが、血を拭き取ったのだろう。テーブルの脇にラグマットがあったので、ブロンソンはそれを床に敷き、血の跡が完全に見えないようにした。

そのとき、彼の胸に悲しみの波が押し寄せて来た。ジャッキーが床に倒れ、助けも呼べず、死を待っている映像がまぶたに浮かぶ。何て孤独で恐ろしくみじめな死に方だろう。目に涙がたまったが、そんな自分に腹が立って、手でぬぐった。強くならなければいけない。自分自身のため、ジャッキーのため、そして今は誰よりマークのために。

玄関ホールと階段は全体的に掃除されたようだった。この家のまさにこの場所で死亡事故が起きたという事実を隠すためにあらゆる努力がなされている。テーブルの花瓶には生花まで飾られていた。ブロンソンはメモに一筆書き、掃除をしてくれた人にチップを与えることにした。

ブロンソンは速やかに家の他の場所も見回った。階段を上り下りし、イタリア警察や鑑識が道具など余計なものを残していないか調べる。それが済むと、外に戻った。

「マーク、大丈夫か?」

明らかに「大丈夫」という顔つきではなかったが、マークは頷き、ブロンソンについてドアへ向かった。

「真っ直ぐキッチンに行くんだ。先に何か飲んでから、眠ることにしよう。荷物は俺が整理する」とブロンソンが提案した。

　マークはそれに答えず、少しの間、階段とホールの床にじっと視線を向け、それから家の奥へと続く短い廊下を歩いて行った。ブロンソンはもう一度外に出て、バッグを二つつかみ、家に入った。

　バッグを玄関ホールに置き、キッチンに入ると、マークがテーブルの椅子に座って壁を凝視していた。ブロンソンは戸棚を開けた。紅茶とコーヒー、それにチョコレートドリンクの缶。ホーリックの麦芽飲料も瓶に半分残っていた。だが、欲しいものは違う。そこで、低い戸棚の中を覗くと、蒸留酒のボトルが並んでいた。ブロンソンはそこから二本を手に取った。

「ウイスキーか、ブランデー。それとも別のものがいいか？」

　マークは、まるでブロンソンがいることに驚いたように、顔を上げた。「えっ、何？」

　ブロンソンは質問を繰り返し、さらに手のボトルを高く上げた。

「ああ、ブランデーで頼むよ。今は他のものは受けつけない」

　ブロンソンはテーブルの向かい側に座って、タンブラーに半分入れたブランデーをマークの方にすべらせた。

「それを飲んだら、寝室に行くんだ。長い一日だった。疲れたはずだ」

　マークは一口すすった。「おまえだって疲れているだろ」

「確かにくたくただ。だが、それよりもおまえの方が心配だ。ところで寝室はどれを使う?」ブロンソンはかすかに笑顔を作って言った。

「いつもの部屋は駄目だ、クリス。耐えられない」マークの声は明らかに震えていた。

ブロンソンは既に夫婦の寝室を調べてあった。ベッドが整えられ、ジャッキーの服はきちんとたたまれていた。おそらく掃除婦か誰かがきれいにしたのだろう。

「分かった。おまえのバッグはゲストルームのどれかに持って行くよ」ブロンソンは自分のタンブラーをテーブルに置き、キッチンから出た。だが、数分後に、茶色の小さな錠剤ボトルを持って戻って来た。「ほら、一錠飲むんだ。これでよく眠れるだろう」

「それは何だ?」

「メラトニンさ。洗面所で見つけたんだ。これを飲むと気が静まって寝付きがよくなるから、時差ぼけに効くんだよ。それに普通の睡眠薬と違って中毒性もない」

マークは頷き、残りのブランデーで錠剤を流し込んだ。

ブロンソンはタンブラーを水ですすいでから、流しに置いた。「先に休んでてくれ。俺は家の中を見回って、ドアと窓が全部閉まってるか確認してくる。それから寝ることにするよ」

マークは頷き、部屋から出て行った。ブロンソンは玄関のドアに鍵をかけ、それから一階の部屋をひとつひとつ見て回り、窓や鎧戸がしっかり閉まっているか確認した。

戸締りを終えてキッチンに戻り、裏口の錠が締められていることを確かめたとき、彼はふと足元を見た。何か茶色のかけらが落ちている。もっと近くから見ようと、身をかがめて、大きめのものを二つほど指でつまんでみた。どうやら木の破片だ。ブロンソンは天井を見上げて、古い家だけにキクイムシか、シロアリにでも食われたのだろうかと思った。しかし、梁も天井板も年季が入って黒ずみ、非常に硬そうだった。それに破片を見ても、虫のせいではなかった。そういう虫は木をほとんど粉状にまでする。だが、彼が今手にしているのは、どこかから欠けたもののような大きさだった。

ドアを開け、裏口の外を調べると、ちょうど錠の高さのところで、ドア枠の木が二センチ四方ほどへこんでいることがすぐ分かった。そして、その理由もただちに気がついた。彼も警官の経歴は浅いながらも、この跡を見れば、泥棒が金てこを使ったと見抜くくらいの経験はあった。誰かがこのドアから侵入したに違いない。しかも、ごく最近に。木の破片はきっと、ドア錠が破られたときに、欠け落ちてしまったものだ。

彼はその錠もじっくり調べた。素手でも、わずかに動く。ネジはすべて嵌まっている。だが、錠をしっかり留めておくほど締められてはいなかった。誰かがこの家に押し入った。それはもう確実だ。そして、おそらく錠を元に戻し、立ち去るときには表玄関から出た。玄関はエール錠でオートロックだからだ。裏口の錠を直したのもその泥棒に違いない。錠が外れているこことに掃除婦が気づいたとしたら、おそらくメモを残すか、警察に話すかするだろうし、警察が気づいたとしたら、ネジをただ穴に突っ込んでおくなんて真似はさすがにしないだろう。

ブロンソンが不思議に思ったのは、なぜ泥棒が錠を直すような手間をかけたのかということだった。家に侵入する人間の多くは、一番入り込みやすい場所から入り、価値のある品を持てるだけ持ち、逃げやすい場所から逃げる。素早く入り、素早く出る。しかし、この家に入った泥棒は、錠を直すのに数分はかかったはずだ。そんな手間をかける理由として唯一考えられるのは、泥棒が家の中に侵入したことを誰にも知られたくなかった場合だ。だが、それこそ意味が分からなかった。そんなことを気にしてどうするのか？　家主は泥棒に入られたことにすぐさま気づくものだ。もちろん、その泥棒が何も盗まなかったとしたら、気づかないかもしれないが、しかしそうだとすれば、侵入した目的は何なのだろう？

ブロンソンは首を横に振った。移動で疲れていて、頭がはっきりしない。少し眠ってから、一体何が起こったのか考えることにしよう。

彼はキッチンを見渡し、木のテーブルのそばにあった椅子をひとつ選び、裏口まで持って行った。それからその椅子の背をドアの取っ手の下に押し込み、椅子の脚を蹴ってしっかり嵌め込んだ。そしてさらにその後ろに椅子をもうひとつ置いた。これで誰かが侵入しようとしても、椅子が立てる音で俺も目を覚ますはずだ。

ブロンソンは二階に上がって寝ることにした。裏口のドアの件は謎だが、明日の朝考えることにしよう。

第七章

I

ブロンソンは朝早く目が覚めた。昨晩寝付いてからも、眠りは浅く、夢にはジャッキーが何度も繰り返し現われた。夢の中では、結婚式の日の笑顔に輝くジャッキーの姿と、玄関の冷たく硬い敷石の上で倒れて死んでいるジャッキーとが、奇妙なほど鮮明な映像となっていた。

ちょうど七時を過ぎた頃、彼は階段を静かに下りて、そのままキッチンに入った。お湯が沸くのを待つ間に、昨夜ドアを押さえるのに使った椅子をどかし、裏口の損傷をもう一度見た。その痕跡は朝の光で昨晩よりもはっきり見えた。

キッチン中を回って、戸棚を順々に開けていき、ドライバーを探した。流しの下に青い金属製の箱があった。マークがしまっていたさまざまな道具が入っている。古い家屋には必要なのだろう。だが、その中にドライバーは見当たらなかった。ドライバーがないことには、錠をしっかり修理できない。

そこでブロンソンは、まずポット一杯のコーヒーを淹れ、シリアルを朝食として摂った。それから鍵束を手に、外の車庫に行くと、奥の棚に木ネジが入ったプラスチックの箱を見つけた。一〇分後、彼は裏口ドアの錠を修理していた。ドアがこじ開けられたときにネジが無理に抜かれたため、ネジ穴は大きくなり、周りの木材も脆《もろ》くなっている。そのため、元のネジよりも一センチほど長く、太いネジを使うことにした。だが、大きなネジを使っても、外からかなり軽く力を加えるだけで、きっとまた錠が外れるはずだ。このドアに差し込むかんぬきを見つけられるかもしれないが、その前にマークの確認を得なければならないだろう。そこで、とりあえず、ブロンソンは他に泥棒の痕跡がないか、この家全体をよく見てみたが、特に何も問題はなかった。

蜂蜜色の壁石に小さな窓が開いている赤いタイル屋根の家。取り巻く庭は、広さが二〇〇〇平方メートルほどあり、芝生と低木と大木とが見事に組み合わされ、植物は元気よく生い茂る。場所は丘の中腹で、脇にある小道をうねうねと上っていけば、丘にいくつか点在する他の家々に着く。最も近い町はポンティチェッリで、五キロほど離れている。

ブロンソンは、これまで二度、このローザ館を訪れたことがあった。一度目はマークたちが買ったばかりで、まだ住んでいなかったとき。二度目はそれから一カ月あまり経った頃であり、改築作業が始まる前のことだ。彼はその時のことをよく覚えていたし、それ以後もこの家にはいい印象を持っていた。大きく無造作感がある、やや老朽化した農家の家屋で、年季からくる魅力と堅固さと奇抜さが共存し、屋内は黒ずんだ梁や床材と厚い石壁とが互いに引き立て合っている。石壁は部分的に漆喰が塗られていたが、ほとんどはそのままだったので、この家は壁や四隅が真っ直ぐな場所がないのよと、ジャッキーがよくぼやいていた。そう口にする彼女の声には、苛立ちだけでなく、嬉しさも混じっていたものだ。

さまざまなことを思い出して、ブロンソンは悲しげに微笑んだ。ジャッキーはこの古い家を初めて見たときから愛していた。そして、イタリアのゆったりしたライフスタイルやカフェ文化、食べ物やワイン、そして天候を崇拝していた。雨が降った日にしても、彼女はイギリスの霧雨よりもじめじめしてないと言うのだった。それは論理的におかしいとマークが反論しても、彼女は考えを変えなかった。

今やもう二度とあの明るい声を聞くことができないという事実に、ブロンソンは打ちのめされた。田舎のほこりっぽい小さな商店で買う安ワインのキャンティから、恍惚とさせる湖の美しさまで、イタリアのものなら何でも熱狂的になる彼女に心を奪われることももはやない。彼女の熱中ぶりは周囲までイタリア好きにさせるほどだったのに。

彼は目がうるみ出すのを感じ、次々と浮かんでくる思い出を振り払った。そして、侵入者が家の中に残した痕跡を探すことに集中しようとした。

漆喰の袋やペンキ缶など、建築業者の道具と資材がほとんどの部屋に置かれているせいもあり、家の中はブロンソンの記憶とずいぶん異なっていた。業者が作業するスペースを作るために、家具の多くは一箇所に寄せられて、ほこりよけカバーがかけられていた。だが、それでも盗まれる可能性のある高価なもののほとんどが確認できた。テレビ、ステレオ、パソコン、まずまず価値のありそうな絵も六枚あった。さらに、主寝室の化粧台には、香水のボトルの下に、合わせて約千ユーロの紙幣がはさまれていた。

マークは、いまや悲しい記憶となったこの家を保有し続けるだろうか、それとも売り払ってしまうだろうか。ブロンソンは家の中を歩き回りながら考えた。

数分後、彼はキッチンのテーブルに座り、壁の時計を見た。マークがもうじき起きて来なかったら、起こしに行った方がいい。二人にとって辛いことではあれ、今日はやらなければならないことがある。そう考えていたところに、足音が聞こえてきた。

マークはひどい状態だった。くたびれた古いジーンズとTシャツ姿で、顔はやつれ、無精ひげが伸び、脂が浮いている。ブロンソンはマグカップにブラックコーヒーを注ぎ、マークの席の前に置いた。

「おはよう。何か朝食は食べるか？」マークが座ると、ブロンソンが言った。

マークは首を横に振った。「いや、いらない。コーヒーだけでいい。今朝は何だか気が張ってるんだ。あとどれくらいで出ればいいだろう？」

ブロンソンは腕時計を見た。「安置所までは車で十五分くらいだ。九時にはそこに着いている必要がある。それを飲み終わったら、すぐに支度した方がいいな。タクシーは俺が呼ぼうか？」

マークは首を振り、コーヒーを一口飲んだ。「アルファ・ロメオで行こう。車の鍵は玄関ホールのテーブルの上にある。小さな赤い容器の中だ」

彼らは三〇分後に家を出た。気温は朝からずいぶん高くなり、空には雲ひとつない。美しい日だった。しかし、雨が降っていた方が彼らの気分には合っていただろう。

II

ジョゼフ・ヴェルトゥッティ枢機卿は古文書をじっと見ていた。彼は内赦院の書庫にいた。バチカンの数ある収納庫の中でも極秘とされる場所だ。ここに収められた書類の大部分は、教皇の文書や資料で、告解秘密の義務によって保護され公表されない。なお、告解秘密の義務とは、告解を通じてもたらされた情報は絶対に秘密にするという、ローマ・カトリック教会の司祭による誓いのことだ。この内赦院の書庫での閲覧は厳しく管理され、文書の内容が暴露されることは決してないので、バチカンが特に危険だと考えるものを隠すには理想的な場所だった。このことがまさにウィタリアヌス写本がこの書庫に収蔵される理由だ。

彼は内側から鍵をかけられる閲覧室に座っていた。千四百年近く前の古文書ともなると、大変に脆く、指先のわずかな湿り気でも、永久に取り返しがつかないほど傷むことがある。彼は薄い綿の手袋をつけ、震える手を伸ばして、慎重に写本を開いた。

ウィタリアヌスが教皇だった七世紀のキリスト教会は混乱の時代だった。ムハンマドの登場とそれに続くイスラム教の台頭はキリスト教にとって災厄であり、数年にして、中東やアフリカからキリスト教の司教はほとんどいなくなり、エルサレムやエジプトもイスラム教徒のものとなった。ウィタリアヌスやその前任者たちがブリテン島や西ヨーロッパの住民を改宗させようと地道な努力を続けたにも拘わらず、わずか数十年の間に、キリスト教世界はかなり小さくなった。

そのような中でもどうにかして、ウィタリアヌスは文書保管所で調べものをする時間を見つけ、発見したことを書き写し、自分の名を冠した写本にした。それがヴェルトゥッティが今再び読んでいる写本だ。

彼がこれを最初に読んだのは、ちょうど十年あまり前のことで、正直、その内容に震撼した。今なぜ再び手にしているのかは自分でも分からない。この写本の内容はすべて読み、記憶しているというのに。

マンディーノとの会話は、ヴェルトゥッティ自身が思っているよりもずっと彼の心を乱したのだった。彼はバチカンの自室に戻るなり、導きを求めて、一時間以上も瞑想し、祈りを捧げた。偶然のなせる業とはいえ、バチカンの未来が、犯罪者であるだけならまだしも、カトリック教会への憎悪で燃え上がる徹底的な無神論者という最悪の男の手に委ねられているのだ。この事実をヴェルトゥッティは非常に憂慮していた。

だが、いくら考えても、他に選択肢はない。マンディーノは非常に有利な立場にある。教理省のヴェルトゥッティの前任者が機密保持の義務を怠ったせいで、マンディーノには、およそ千四百年前に教皇ウィタリアヌスによって始められた探索について、詳細な情報が伝わってしまっている。ただ、良い面を言えば、彼はどんな命令でも従う部下という、この任務を遂行するのに必要な手段を持っているのも事実だ。

そう考えながら、ヴェルトゥッティは中身をよく見ずに写本をめくっていたが、ふと手元を凝視した。そして、そのラテン語の文を見ると、今開いているページが、教皇ウィタリアヌスやその後継者たちを恐怖に陥れた文書の発見について書かれたところだと気づいた。その言葉は普段の祈禱文と同じくらい頭に染みついていたが、彼は改めて読み、身震いした。

彼は注意深く写本を閉じた。古文書の保管庫に写本を戻して、部屋に帰り、聖書を読もうと思った。もう一度祈りを捧げなくては。聖書の導きに従えば、きっと迫り来る災厄を避ける最善の方法が分かるだろう。

III

ジャッキーの身元確認は言葉に尽くせないほど悲痛なものだった。死体安置所の担当者が布を持ち上げ、彼女の顔を見せた瞬間、マークはほとんど倒れ込みそうになり、ブロンソンが腕をつかんで体を支えなければならなかった。部屋の外では警官が彼らを待っていて、ノートを開き、何とか通じる程度の英語で、死体がジャクリーヌ・メアリー・ハンプトンで間違いないか、形式的に訊ねた。マークは言葉が出ず、頷いただけで、背を向けて、面会室からよろよろと出て行ってしまった。ブロンソンは彼を待合室に座らせると、話を聞くために警官のもとに戻った。

ブロンソンはどうにか自分を保っていた。彼を支えとして頼るマークがそばにいなかったら、彼もこの場面を耐えることなどできなかっただろう。ブロンソンは警官としてこれまで何十回も死体安置所で、絶望的な顔をした人々が身内の死体を身元確認し、悪夢に現実として直面する場に立ち会ってきた。逆の立場で立ち会うのは今日が初めてだ。

ジャッキーはとても安らかな顔をしていた。まるでただ眠っているだけで、いつでも目を開けて、起き上がりそうなほどだ。そして、相変わらず美しかった。誰かが丁寧に彼女の顔を整えたのだろう。髪は洗ったばかりらしく、後ろになでつけられている。顔には傷もない。だが、ブロンソンはあえて個人的感情を抑え、職業的な目で、もっと近くから見た。すると、彼女の額と頬に厚く化粧がされていることに気づいた。あざを隠すために違いない。そして、もうひとつ気づいたのは、彼女の顔がとても青白いことだった。おそらく彼女の人生の中でここまで青白くなったことはないだろう。

彼は警官と握手し、最後にもう一度、初めて本気で愛した女性をじっくりと眺め、そして部屋から足を引きずるように出て行った。

書類の記入がすべて終わると、ブロンソンとマークは外に出て、アルファ・ロメオを駐めた場所に向かった。

「すまない、クリス」赤く腫れた目から涙をとめどなく流しながら、マークが言った。「あの台の上で横になっているジャッキーを見た瞬間、もう耐えられなくて」

ブロンソンはただ首を振った。口を開けば、自分まで抑え切れなくなりそうだった。

町から出て家に向かう途中に薬局があった。ブロンソンは車を道路脇に停め、店に入り、数分後小さな紙袋を手に出てきた。

「これを飲むといい。弱めの精神安定剤だ。少しは落ち着くと思う」ブロンソンは紙袋を手渡しながら言った。

家に着くと、彼はコップに水を入れ、マークに錠剤を飲むように勧めた。

「眠れそうにないよ、クリス。頭の中を色んなことがぐるぐる回るような感覚なんだ」

「せめて二階に行って、横になってくれ。午後の間ずっと目を開けたままでもいいから、とにかく休む必要がある」

マークはしぶしぶコップの水を飲み干し、階段の方へ向かった。

ブロンソンには朝食を食べたのがずいぶん昔のように感じられた。腹が減っている。食料貯蔵室や大きなアメリカ式冷蔵庫の中を探すと、ハムとパンとマスタードがあったので、サンドイッチを二つ作り、新しく入れたコーヒーで流し込んだ。食べ終わった後、食器洗い機に皿を入れ、それから階段を静かに上って行った。マークの寝室の前で足を止め、ドアに聞き耳を立てる。穏やかないびきが聞こえる。安定剤がちゃんと効いたようだ。彼は少し微笑んで、また階段を下りて行った。

朝に家の中を見回ったばかりだったが、もう一度確認してみようと、ブロンソンは考えた。「泥棒」のことがまだ心配だったし、何か見逃しているような気もした。泥棒の目的を明らかにする手がかりがどこかにあるはずだ。

順序をちゃんと決めて調べよう。まずはドアをこじ開けられたキッチンから。その後で家の他の場所へと進む。そのようにして、彼は車庫や芝刈り機など庭園の手入れ道具が収納された二軒の離れも調べてみたが、紛失したものは特になさそうだった。そして、他に損傷やこじ開けた痕跡も見つけられなかった。これでは泥棒の意図が分からない。

そう考えながら、玄関ホールにたたずみ、ジャッキーが転落した階段を見上げていたとき、私道の砂利を車のタイヤが踏む音が聞こえてきた。窓から外を見ると、警察の車が停まっていた。

「ハンプトンさんですか？」一歩踏み出し、手を差し出しながら、たどたどしい英語で警官が訊ねた。

「いえ、私はクリス・ブロンソン。マーク・ハンプトンの親友です。お分かりだと思いますが、彼は奥さんの死にひどくショックを受けていて、今は二階で休んでいます。よほどのことでない限りは、起こしたくないんですが」

警官はブロンソンの流暢なイタリア語にほっとした様子で、すぐに英語から母語に切り替えた。「私は奥様に行なった検視の結果をハンプトンさんに伝えるために来たんです」

「それなら問題ありません。中に入ってください。彼が起きたら、私がすべて説明しますから」

「分かりました」警官はブロンソンの後についてキッチンに入り、椅子に座ると、持ってきた薄いかばんを開け、書類入れを取り出した。中には印刷された書類と写真と図表が何点かずつ入っていた。

「大変痛ましい事故でした」と警官は切り出し、二枚の写真を見せた。「一枚目はこの家の玄関ホールから撮影した階段の写真です」

そして、警官は制服のポケットからペンを取り出し、指し示しながら続けた。「こっちと、あとこっちを見てください。階段にスリッパが二つあるのが見えるでしょう。ひとつは階段の下の方に近くて、もうひとつは上の方にあります。そして、この写真が、階段の下で倒れていた被害者の体を写したものです」

ブロンソンは、心の準備をしてからその写真を見た。しかし、それは彼が恐れたほどひどいものではなかった。一枚目と同じく玄関ホールから撮影した写真で、おそらく階段と死体との位置関係を示すためだけに撮られたものだろう。ジャッキーの顔は見えず、ブロンソンは気づけばほぼ冷静にその写真を観察していた。

「事故の様子を再現してみますとね」警官が話し続けた。「彼女は階段を走って上がっていたが、二階に着く直前に足を踏み外し、階段で転落する際にスリッパが両方とも脱げた。これは明らかだと思われます。私どもは手すりに小さな血痕とそれに付着した髪の毛三本を発見しました。医師が確認したところ、ハンプトン夫人のものと一致しました。死因は何か丸いものに頭部右側がぶつかった衝撃による頚椎骨折です。階段で足を踏み外したときに、頭を手すりにぶつけたためであるのは間違いないでしょう」

ブロンソンは頷いた。この結論は、法医学的に有効な証拠に基づく、十分に論理的なものだ。しかし、彼にはまだ聞き足りないことが残っていた。

「体に他の怪我はありませんでしたか？」と彼は訊ねた。

警官は頷いた。「医師が、胴体と手足にあざをいくつか見つけました。転落したときには既に意識を失い、色々ぶつかったせいでしょう」

彼は書類をぱらぱらとめくり、人体の前面と後面の輪郭図が記載されたページを選び出した。図には体の箇所を指し示す線がいくつも引かれており、その先には簡単なメモが書かれていた。ブロンソンはそのページを手に取り、じっくり眺めた。

「この書類はいただけますか？」とブロンソンは訊ねた。「ハンプトンさんの奥さんに何が起こったのか、彼に正確に説明する際に役立ちますので」

「もちろんです。この報告書はハンプトンさんのためのものですから」

一〇分後、ブロンソンは警官を見送ってから玄関ドアを閉め、キッチンに戻った。彼は書類や写真をテーブルに広げ、検視報告の全体像を捉えようとした。

二ページ目の真ん中あたりまで来たところで、不可解な内容がひとつ見つかった。それが損傷箇所を示した図ではどうなっているか、よく見てみたが、報告書に書いてあることと同じだった。彼はキッチンを出て、玄関ホールを通り、階段をてっぺんまで上がった。そして、入念に手すりや階段自体を調べた。ふと顔をしかめて、キッチンに戻り、医師の報告書をもう一度読んだ。

それから三〇分後、二階で物音が聞こえ、その後すぐにマークがやって来た。彼は二時間ほど寝たことでだいぶマシになっていた。ブロンソンはコーヒーを注ぎ、彼にハムサンドを作った。

「腹はすいてないかもしれないが、食べなきゃ駄目だぞ、マーク。それに後で話を聞いてほしいんだ」

「何についての?」

「とりあえず食べてくれ。そしたら話すから」

ブロンソンは静かに座って、マークがコーヒーを飲み干し、落ち着くまで待った。

「よし、話してくれないか、クリス」とマークが促した。

ブロンソンはひと呼吸置いて、言葉を注意深く選んだ。「おまえにとって信じたくない話かもしれない、マーク。しかし、ジャッキーの死は、単なる転落じゃない可能性がある」

マークは驚いたようだった。「でも警察は手すりに頭をぶつけたと言ってたはずだ」

「いや、確かにぶつけたんだろう。だが、それだけじゃないみたいなんだ。これを見てくれ」

ブロンソンは立ち上がり、マークを裏口へと連れて行った。彼はドアを開け、錠のところの木枠がへこんでいるのを見せた。

「この跡は金てこのような道具でできたものだ。錠を調べたら、すべてのネジが一度抜かれていたことが分かった。だが、その後で錠は再びドアに嵌められ、ネジも元に戻されたようだ。誰かがこの家に侵入し、その事実を秘密にするためにあらゆる努力をしたというわけさ」

「泥棒が入ったということか？」

ブロンソンは首を横に振った。「泥棒だとしたらよほど変わった奴だろうな。俺もイギリスでは何十件となく捜査したが、自分が侵入したことを隠そうとした犯人には、ひとりも出くわしたことはない。ほとんどの窃盗犯は、侵入しやすい場所から入り、つかめるだけつかんだら、できるだけ早く立ち去る。彼らにとってはスピードが大事なんであって、秘密裏にやることが目的じゃない。俺も家の中を見て回ったが、何かがなくなった様子はなかった。こうやって改修作業をしているから分かりづらくはなっているが、テレビもパソコンもあるし、主寝室の化粧台に置かれた宝飾品やお金もそのままだ。泥棒だったらこれを見逃すはずないさ」

「つまり、誰かがこの家にわざわざ侵入しておいて、何も持って行かなかったということか。そんなの訳が分からないな」

「その通り。もうひとつ気づいたのはジャッキーに関わることだ。心が痛むが、俺たちはジャッキーが階段から単に落ちたわけじゃない可能性を考慮しなくちゃいけない。彼女は、押されたのかもしれないんだ」

マークは一瞬、ブロンソンの顔をまじまじと見た。「押された？　何者かにということか？」ブロンソンが頷くと、マークはさらに続けた。「でも警察は事故だって言ったよな」

「それは俺も知ってるよ、マーク。おまえが寝ている間に、警官が検視報告書を届けに来たんだ。彼が帰った後、俺はそれを入念に調べてみた。そしたら、不審な点がひとつ見つかった」ブロンソンは一枚の紙を選んで、マークに見せた。「ジャッキーの体にはいくつもあざがあった。間違いなく階段から落ちたときにできたものだ。直接の死因が、手すりに頭をぶつけたことによるというのも、疑うつもりはない。だが、報告書のここに書かれた傷が俺にはとても気にかかるんだ」

ブロンソンは続けた。「彼女の頭部左側に頭蓋骨の陥没骨折がひとつ見つかっている。致命傷になったのとは反対側だ。医師の見解では、この陥没骨折は直径三センチから四センチの丸型の物体によってできたものだ。痛かったろうが、死に至るほどのものではない。そして、死亡したのとほぼ同じ時間に負った傷だ」

マークは頷いた。「おそらく転落する際に階段か何かに頭をぶつけたんだろう」

「地元の警察も同じように考えたようだ。だが、俺にはこの骨折が気になるんだ。階段や玄関ホールをしらみつぶしに見てみたが、彼女が転落したときにぶつかる可能性のあるもので、この傷を作りそうな形や大きさをしたものは見当たらなかった」

マークは少し沈黙し、それから訊ねた。「それで、おまえはどう思うんだ？」

「俺の言いたいことは分かってるはずだ、マーク。誰かがこの家に侵入したという事実と、ジャッキーが転落でできたとは思えない傷を負っているという事実を考え合わせれば、結論はひとつしかない。彼女は侵入者に抵抗し、こん棒のようなもので頭を殴られた。そして手すりにもぶつかった」

「殺されたのか？　ジャッキーは殺されたというのか？」

ブロンソンはマークの目を見ながら言った。「そうだ。彼女は殺されたんだ」

第八章

I

「枢機卿は暗号理論については詳しいかな？」マンディーノが訊ねた。

マンディーノとヴェルトゥッティの二人は、レジーナ・マルゲリータ橋を真っ直ぐ東に行った場所にある、ポポロ広場のにぎやかなオープンカフェにいた。周囲では人々がせわしなく行き交っている。ヴェルトゥッティは絶対にマンディーノをバチカン内に入れるつもりはなかった。この男と関わり合いになっていることだけでも不満なのだ。マンディーノは今回、三人の男を連れて来ていた。二人はボディーガードだったが、三人目は眼鏡をかけた、学者風の痩せた男だった。

「暗号理論？　ほとんど何も知らんね」とヴェルトゥッティは正直に言った。

「私も知らないんだ。だから私の仲間に今回の任務への参加を頼んだ。彼のことはピエロと呼んでくれ」マンディーノは身振りでその三人目の男を示した。「彼はもう三年ほどコンサルタントとしてこの任務に関わっているんだ。我々が探しているものが何かについても完全に把握している。そして彼の口の堅さは信頼していい」

「ということは、あの写本について知っている人間が増えたのか？ マンディーノ、君は誰彼かまわず言いふらしているのか？ 新聞で公表でもするつもりなんだろう？」ヴェルトゥッティは激昂した。

突然の怒りにピエロは居心地が悪そうだったが、マンディーノは全く動じていなかった。

「私はその必要がある人間にしか教えていない」と彼は説明した。「ピエロの場合は、翻訳した死語の断片を分析するために、我々が探しているものと探す理由について知る必要があった。彼は古代ギリシャ語、ラテン語、アラム語、コプト語が読めて、しかも一世紀と二世紀の暗号技術に関しては、専門家のようなものだ。彼を見つけられたのは幸運だったよ」

そのときピエロがマンディーノに送った視線を見て、ヴェルトゥッティは「幸運」が一方的な見方だと察した。どうせマンディーノはこの学者を仲間入りさせるために、脅迫や圧力を用いたのだろう。

「枢機卿、あなたは我々が見つけたラテン語の言葉について、よくご存知かと思います」とピエロが話し始めた。ヴェルトゥッティは頷いた。

「それなら良かったです。古代の暗号技術が単純で基本的なものだというのは、よく知られるところでしょう。五世紀頃までは、人々の大部分は字が読めないのが普通でした。これはヨーロッパに限りません。地中海地域全体がそうだったのです。どんな言語であれ、読み書きの能力は聖職者や書記の専売特許でした。また、僧侶の主な役割は文字を写すことであり、自分たちの社会で使用するために、原稿や本を写し書きしていたということを、頭にしっかり入れておくといいでしょう。ただ、こうした僧侶たちは、自分が写しているものを理解する必要はありませんでした。彼らが持っていた能力は、元の文書の正確な複製を作成することだったのです。それに対して、書記は自分が書いているものを理解しなければなりませんでした。書記には、法律文書を作成したり、口述筆記をしたりなどの仕事があったからです」

ピエロが続けた。「このように識字率が低いことが普通でしたから、情報を暗号化する必要はほとんどありませんでした。何といっても、そもそも書かれたものの内容を把握できる人がほとんどいないですからね。しかし、一世紀にはローマ人たちが、特に軍事に関することなど重要な文書に対して、通常の文に暗号を隠す方法を使い始めました。その方法は、現代の目から見れば、子供じみているほど単純です。文の単語の頭文字をつなげれば隠されたメッセージが出てくるというもので、せいぜい工夫されて、そのメッセージを後ろから逆に読まなければいけない程度でした。この暗号法の問題は、秘密のメッセージを入れるためだけに普通の文が書かれるわけですから、どうしても不自然な文になりがちということです。そのため、隠されたメッセージがあることがばれやすく、わざわざ暗号化した意味がなくなるわけです。また、別の有名な暗号にアトバシュ暗号があります。これは元はヘブライ語で使われていた単一換字式暗号です。アルファベットの最初の文字が最後の文字に入れ換えられ、最初から二番目の文字は最後から二番目の文字に、という具合で続いていく形式です」

「それでは君は《HIC VANIDICI LATITANT》という言葉に暗号が含まれていると言いたいのかな?」とヴェルトゥッティが訊ねた。

ピエロは首を横に振った。「いえ、そのつもりはありません。それどころか、暗号は一切含まれていないと確信しています。まず、アトバシュの可能性は排除できるでしょう。アトバシュだったら意味不明な文字の羅列になるはずですから。そして、あのラテン語の言葉は頭文字にメッセージを隠すには短すぎです。念のため、いくつか分析プログラムにかけてみましたが、やはり何もありませんでした。あの中に隠された暗号がないのは確かです」

「それなら、私がここに来た意味がないじゃないか。あのラテン語の刻印について何か分かったのかと思って来てみたが、時間の無駄だったようだな。マンディーノ、こんな程度なら君が電話で伝えるだけでよかっただろう。私の番号は知ってるよな?」

しかし、マンディーノはピエロに続けるよう促した。

「私は何も分からなかったなんて言ってません。私が言ったのは、あの言葉の中に隠された暗号はないということです。全く意味が違います」ピエロは言い返した。

「ならば、君は何を見つけたんだ？」ヴェルトゥッティが怒鳴った。

「そう大きな声を出さないでくれ、枢機卿」マンディーノが言った。「刻印があった石は誰かに読まれる日を二千年近く待っていたんだ。あんたもピエロが話している間、あと数分くらいは我慢できるんじゃないかな」

ピエロは、痩せた顔で不安げに両者を見比べたが、再びヴェルトゥッティに話し出した。

「あのラテン語の言葉については、字義通りに受け取っていいと思います。《HIC VANIDICI LATITANT》は、すなわち《嘘つきたち、ここに眠る》です。そして、石が元々置かれていた場所は、二つの可能性があると考えるのがいいでしょう。ひとつはすぐに思いつきます。墓や埋葬室の付近か内部に置かれていた。その墓には遺体は二つあったはずです。もしひとつだとしたら、ラテン語は《HIC VANIDICUS LATITAT》になりますからね」

「わざわざ言わなくても、ラテン語なら私もちゃんと読めるぞ、ピエロさん。バチカンの公用語なんだからな」ヴェルトゥッティがつぶやいた。

ピエロはわずかに頬を赤らめた。「話の道筋を辿るためにひとつひとつ説明しているだけです、枢機卿。お願いですから、最後まで聞いてください」

　ヴェルトゥッティは苛立たしげに手を振ったが、椅子に背をもたせかけて、ピエロが話を続けるのを待った。

「しかし、あの石が墓の近くや内部にあったという可能性は、二つの理由で否定できると思います。ひとつは、石がそこにあったとしたら、それを見つけた人間が遺体も発見しているはずでしょう。ですが、これまで発見されてないのは確かだと思われます。発見されたという記録がないですからね。中世においても、墓地の重要性は高かったので、記録は残るはずです」

「それで理由の二つ目は？」

「石そのものです。はっきり言って、墓標にふさわしい大きさと形ではありません」

「それなら、もうひとつ可能性がある場所はどこなんだ？　あの石はどこにあった？」

　ピエロはかすかに微笑んでから答えた。「分かりません。イタリアのどこかかもしれませんし、もしかしたら別の国かもしれません」

「何だと？」

「石の場所について二つの可能性があると言ったとき、私が言いたかったのは、もしあの石が先ほど説明したように墓標ではないのだったら、他に考えられる可能性はひとつしかないということだったのです」

「それは何だ?」

「地図です。もっと正確に言えば、半分にされた地図です」

II

マークは、検視報告の図からずっと視線を離さないまま、ジャッキーの側頭部の負傷について、ブロンソンがイタリア語の内容を訳すのを聞き、それから同意したように頷いた。

「クリス、おまえは警官だし、よく考えた上で今の話をしたんだと思う。おまえの説は納得がいくよ。確かに、階段や玄関ホールの床に、あの頭部の負傷を起こす形のものは見覚えがない」

ブロンソンには、マークの悲しみが次第に怒りへと変わっていく様子が分かった。彼の家に不法侵入し、故意であれ偶然であれ、妻を死なせた者への怒り。

「それで、どうしたらいいんだろう？　イタリア警察に話せばいいのか？」とマークが言った。

「そうしても事態が進展することはないんじゃないかな。彼らは既にこれが単なる事故だと結論づけている。そして、俺たちが持ってる証拠は、不審な傷と、裏口から侵入されたという事実しかない。おそらく彼らは何も盗まれていないことを指摘するだろう。見えるところに置かれていた金さえ手がつけられていないんだ。ジャッキーの頭の傷にしても、いかようにも解釈できる。彼らは丁寧に会釈し、追悼の意を述べ、立ち去って何もしないだろう」

「そしたら俺たちはどうしたらいいんだ？」

「まず、侵入者が何を探していたのか突き止めてみよう。それが何であれ、調べてみなくちゃな。二回は家中を見回ってみたんだが、紛失したものは見当たらなかった。でも二人で一緒にやれば、何か分かるかもしれない」

「うん、そうしよう」

　しかし、二〇分後、すべての部屋を調べ終えたが、彼らは何も見つけることができなかった。お金も宝石も高級電化製品も、価値のありそうなものは全部、マークが把握している限り、あるべき場所にあった。

　二人は階段を下りて、キッチンに入った。ブロンソンは、やかんに水を入れ、ガスコンロで火にかけた。「マーク、紛失したものがあるかどうかについては、ひとまず忘れよう。別の部屋にものが移動してるとか、変わった点に何か気づいたか？」

「ちょっと分からないな。家具の半数には、ほこりよけカバーがかけられているし、建築業者が動きやすいように別の部屋に移した家具もいくつかあるから」

「それなら、業者と関係ない場所で、おかしかったり動かされたように見えるものはなかったか？」

マークは少し考え、それから答えた。「書斎のカーテンだ」

「どういうことだ?」

「俺たち夫婦がこの家を買ってから、まだそれほど日が経ってない。だから変えなきゃいけないところが結構あったんだ。書斎のカーテンは俺たちが住む前からあったんだが、ひどいセンスだった。前の持ち主が置いていったのもそのせいだろう。ジャッキーはそれが視界に入るのも嫌がって、カーテンをいつも開けておくようにしてたんだ。そうすれば模様を見なくて済むからな。だが、さっき書斎に入ったら、カーテンが閉められていた」

「ジャッキーが閉めたということはないのか?」

マークは首を横に振った。「あり得ない。窓の外には鎧戸があって、パソコンの画面に光が反射しないように、その鎧戸をいつも閉じていた。だから、カーテンを閉める必要なんて絶対にない」

「でも誰かが閉めたはずだ。警察がそうする理由はないだろう。とすると、侵入者が閉めたのかもしれない。書斎で何かを探していて、窓から明かりを一切漏らさないためにとか」

「さっき二人で書斎を調べたときには、何もなくなってなかったじゃないか」

「そうだったな。だが、もう一度書斎に戻って、調べる必要がある」

書斎に入ると、ブロンソンはパソコンの電源を入れ、マークには何か見逃したものはないか、引き出しや押入れを調べさせた。パソコンが起動するのを待つ間、ブロンソンは机の上に散らばった書類をくまなく見た。家の改修作業に関わる請求書や見積もり、日常の公共料金の請求書。ジャッキーがメモとして使っていたと思われるA四サイズの紙も何枚かあった。買い物リストや予定リストが書かれている。その中から、気になった紙を数枚選り分けておいた。

パソコンが起動すると、インストールされているプログラムを確認し、それから《マイドキュメント》フォルダをざっと見て、何か変わったところはないか調べたが、何も見つからなかった。次にEメールを調べ、《受信トレイ》と《送信済みアイテム》の中を見たが、これも特におかしなところはなかった。最後に、ウェブブラウザを開いた。よくある通り、ハンプトン家のパソコンではインターネット・エクスプローラーを使っているようだ。そして、ジャッキーが最近訪れたサイトを調べた。いや、調べようとしたという方が正確だろう。ウェブサイトの閲覧履歴が全くなかったからだ。ブロンソンは設定を確認してみた。おかしい。彼は顔をしかめて、黒革の椅子の背にもたれた。

「どうしたんだ?」文房具の戸棚を閉めながら、マークが訊ねた。

「いや、気にしすぎかもしれないが、ジャッキーはパソコンには詳しいのか? つまり、彼女はプログラムの設定みたいなものを、いじったりすることがあるんだろうか?」

マークは首を横に振った。「まず考えられないな。ジャッキーは、ワープロソフトと表計算ソフトを使って、あとはメールの送受信とネットサーフィンをするくらいだ。その他はしない。それがどうかしたか？」

「今、インターネット・エクスプローラーの設定を確認したんだ。ほとんどすべてが初期設定になっていた。閲覧履歴も二十日間残る設定だった」

「それで？」

「しかし、その設定なのに、インターネットの閲覧履歴は何も残っていなかったんだ。誰かが削除したに違いない。ジャッキーだろうか？」

「いや、やり方さえ知らないだろうな」マークが断言した。「そもそも、なんでジャッキーが削除するんだ？」

「分からない」

二人はキッチンに戻った。マークはコーヒーを淹れ始め、ブロンソンは椅子に座り、テーブルに何枚か紙を広げた。

「さて、見つけた手がかりを整理してみようか」マークがマグカップを運びながら言った。

「パソコンに不審な点があった以外には、この買い物リストと、あとは一見すると白紙のような紙だ」

「大して役に立つ手がかりはないということだな」

ブロンソンは肩をすくめた。「確かに何にもならないかもしれない。ただ、少し妙なんだよ。例えば買い物リスト。食料品や生活用品といった予想通りの普通の買い物リストなんだが、一番下に《ラテン語辞典》と書いてあるんだ。そして、その上に線が引いてある。気が変わって買わなかったか、それとも外出して一冊買って、購入終了として線を引いたかのどちらかだろう」

「買ってる。書斎の本棚にラテン - イタリア語辞典があるのを見た。それが重要だとは思わなかったから、さっきは言わなかったんだ。それにしても、ジャッキーは何でラテン語辞典が欲しくなったんだろう」

「これのせいかもしれない」ブロンソンは白紙の紙をつまみ上げて言った。「この紙は両側とも何も書かれていない。だがよく見ると、かすかに跡が残ってるんだ。彼女がこの紙の上で別の紙に何かを書いたようだ。全部で四つの大文字がかなりはっきり見える。《H》、《I》、《C》、そして《V》だ。この順番で並ぶ単語は英語にはないと思うんだ」

「《CV》は《履歴書》を示す略語の場合もあるぞ」とマークが言った。

「それなら《HI》はどうなる？」

「《Hi》と呼びかける言葉以外では思いつかないな」

「だからこそジャッキーが買った辞典に手がかりがあると思うんだ。信じてくれないかもしれないが、俺はラテン語を勉強したことがある。《Hic》はラテン語の単語で、確か、《ここ》とか《この場所》という意味だ。そして、《V》は別の単語の頭文字だろう。見てくれ。《C》と《V》の間に点のようなものがある。古代ローマ人は単語の間にこうした記号を置く場合があったはずだ」

「でもよく分からないな。ジャッキーはイタリア語にもかなり苦労してたんだぞ。何でラテン語になんて手を出そうとしたんだろう？」

「それは俺も引っかかるんだ。この紙を除けば、この家の中にラテン語の文章のようなものは何もない。しかし、俺は、彼女がそのラテン語の言葉が書かれた何かを見つけたり、手にしたりしたんじゃないかと思う。それならラテン語辞典も説明がつくだろう」

ブロンソンは急に黙り込んだ。これから言おうとしていることが論理の飛躍、いや大飛躍だったからだ。

「どうした？」ブロンソンのためらいを見て取って、マークが言った。

「少し考えてみよう。買ったばかりのラテン語辞典、紙にはラテン語らしい跡、だがその上にあったはずの紙は見当たらない。つまり、誰かが書斎の中に入った証拠になるんじゃないか。もちろんジャッキー自身がその紙を捨てた可能性だってあるだろう。だけど、インターネット・エクスプローラーの閲覧履歴の削除が、やけに気になるんだ」

「何を言いたいのか分からないよ」

「考えすぎなのかもしれない。だが、彼女がこの家、あるいは敷地内でラテン語の言葉が書かれたものを見つけたと想像してみてくれ。彼女はその意味が分からなくて、それでラテン語辞典を買った。本当はラテン - 英語辞典の方が良かったんだろうが、それはきっと店になかったんだ。彼女はその言葉を訳してみようとしたが、ラテン - イタリア語辞典ではできないと気づいた。それで、こういう場合、多くの人が取る方法を取った。インターネットで検索して、ラテン語の翻訳サイトを見つけ、その言葉を入力したんだ。ここから先は完全な憶測だ。だが、少なくとも話の筋は通っていると思う」

ブロンソンは続けた。「おそらくどこかの組織が、ネット監視システムを構築し、古代語の特定の表現について翻訳されるのを見張っていた。翻訳サイトが協力を惜しまなければ、技術的にはそれほど難しいことじゃない。ジャッキーがサイトにあのラテン語の言葉を打ち込んだ瞬間に、監視システムに感知され、入力したコンピューターがある、この家の住所が特定された可能性さえある――」

「ちょっと待ってくれ」マークが話を遮った。「二千年も前のラテン語を翻訳する人間に興味がある奴なんかいるのか？　一体何で？」

「全く見当がつかない。ただ、つじつまが合いそうなのはこれくらいなんだ。もし俺の考えが正しければ、そのシステムで監視をしていた連中は、この家に来て、ジャッキーが見つけたものをすべて探したはずだ。そいつらにとっては、極めて重要なことだった。そして、目的のものを発見し、ジャッキーが調べた記録が残らないようにパソコンの履歴を削除して、あのラテン語の言葉につながるものを見つけたらすべて持ち去った」

「その過程で――」ブロンソンは悲しげな声で言った。「ジャッキーはその連中の邪魔になってしまった」

III

ピエロは、ジャケットのポケットに手を入れ、茶色の封筒を取り出した。それから、カフェを見渡して、誰にも聞かれていないかを確認した。マンディーノの部下が二人、番犬のように見張っていたから余計な心配だったが。ピエロは数枚の写真をヴェルトゥッティの前に置いた。

例の刻印があった石板をクローズアップしたものだ、とヴェルトゥッティはすぐに気づいた。

「この刻印に隠された暗号がないと分かったので、今度は石自体を観察することにしました。すると、その形に明らかな手がかりが二つあったのです。まずはこの石板の縁を見てください」

ヴェルトゥッティは身を乗り出し、テーブル上の写真のうち二枚を横に並べてじっと見た。だが、前に見た時に気づいたことを確認しただけで、首を横に振った。

「縁ですよ」ピエロはヒントを出すように小声で言った。そして、ポケットから短い定規を出し、写真に当て、石板の上の縁に合わせた。さらに左右の縁にも同じようにした。

「分かりましたか?」と彼は訊ねた。「上と左右の縁はきれいに真っ直ぐなんです。では、下の縁に定規を当ててみてください」

ヴェルトゥッティは定規を手に取り、慎重に合わせた。その瞬間、ピエロが何を言いたかったかが判明した。定規の線に比べて、石板の下の縁がかすかに曲がっていたのだ。

「第一の手がかりは、この石板を用意した人々、おそらく古代ローマ人でしょうが、その人々が上と左右の三つの縁は真っ直ぐにできたのに、下の縁だけ真っ直ぐにできないなんてことがあるのだろうかという点です。二番目の手がかりもそこに関わってきます。刻印の位置をよく見てください。目をこらすと、この刻印が左右で比べたら真ん中にあるのに、上下で比べたらそうなっていないことが分かるでしょう」

ヴェルトゥッティは、目の前にある写真を凝視し、それから頷いた。上の縁と刻印との間にある余白が下の縁の余白よりも大きい。ピエロに教えられた後だけに、その違いがはっきり分かった。まさに〈木を見て森を見ず〉とヴェルトゥッティはひとり思った。

「それでこれはどういうことになるんだ?」彼は訊ねた。

「ここから容易に得られる結論は――」ピエロは写真を指で叩いて強調した。「この石板が元はもっと大きなものだったということです。それがある時点で下部分が切り取られたのです」

「それは確かなことなのか？」

ピエロは首を横に振った。「自分の目で実際に見ないことには何とも言えませんが、ただ、写真はかなりきれいに撮れています。私が見たところ、その中の一枚に鑿でできたらしい跡が写っているものがありました。石板を二つに分割するには、ちょうどいい道具でしょう。私はこの石板が一種の指示盤として作られたと考えています。確か、教皇ウィタリアヌスが写本の中で《キリスト教の墓》と表現していたと思いますが、その場所への指示盤だったのではないかと」

ヴェルトゥッティは、マンディーノに怒りのまなざしを向けた。ピエロが秘密の写本について深い知識を持っているのは間違いないと思ったからだ。

「石板の下半分には、おそらく何らかの地図や道順が彫られていたのではないかと考えています」とピエロは話を締めくくった。

「で、何が言いたいんだ？　その失われた部分はどこにあって、どうやってそれを見つけるんだ？」

ピエロは肩をすくめた。「そういったことは私の仕事ではありません。ですが、石を分割した人々は下半分を捨てないと考えるのが合理的でしょう。この石板を純粋に装飾目的で壁に組み込んだのであれば、そのまま使わなかった理由が分かりません。わざわざ二つに分割するなんて面倒です。つじつまが合う唯一のシナリオは、石板の上部分は、この件の事情をよく知っている人にはすぐ分かる指示盤として、意図的に壁に組み込まれたという可能性です。《嘘つきたち》の意味を知らないのであれば、この石板は単なる珍奇なものになってしまいます。要するに――」

「要するに」マンディーノが引き継いだ。「石板の下半分は、おそらくあの家の敷地内のどこかにある。だから、それを見つけるためにもう一度部下をあそこに送り込まなきゃいけないということだ」

第九章

I

ブロンソンが玄関に行き、ドアを開けると、背の低い黒髪の男が立っていた。汚れた白のオーバーオールを着ている。その後ろには、白色の古いライトバンが停まり、ディーゼルエンジンがガタガタと音を響かせていた。中には男が三人座っている。

「何かご用でしょうか?」ブロンソンはイタリア語で訊ねた。

「ハンプトンさんとお話がしたいのです。工事のことで伺いたいことがありまして」

ブロンソンは、彼らがこの家の改修を行なっている建築業者だと察した。

「入ってください」と彼は言い、四人の職人をキッチンに通した。

マークがたどたどしいイタリア語で挨拶し、それをブロンソンがすぐに引き継いで、夫婦の友人だと自己紹介した。ワインを勧めると、職人たちは喜んで応じた。ブロンソンはワインを二本ほど開けてグラスに注ぎ、彼らの用件を訊ねた。

「水曜日のことなんですが、午前中は別の仕事があったので、お昼過ぎにここに着いたんです。私たちが車でやって来ると、警察がいました。それで、事故があったから、一旦帰って、二日間は来ないように言われたんです。その後で、奥様が亡くなられたことを聞きました。ハンプトンさん、このたびはお悔やみ申し上げます」親方らしい男が言った。

ブロンソンが訳すと、マークは頷いた。

「私たちが知りたいのは、ハンプトンさんが工事の続行を希望されるかどうかです。もし工事をやめるということであっても、私たちには他のお客さんもいますから、気になさらないでください。工事を続けるかどうかを知りたいだけなんです」親方がブロンソンに向き直って言った。

ブロンソンが伝えると、マークは首を縦に振って同意した。改修工事はまだ半分も終わっていなかった。この家を持ち続けるにしろ売るにしろ、改修は済ませなくてはならないだろう。工事が続けられると分かると、職人たちはみんなほっと顔をほころばせた。それを見て、ブロンソンは、《他のお客さん》はどの程度いるのだろうと一瞬いぶかしんだ。

一〇分後、四人は二杯目の赤ワインを飲み干し、帰り支度をした。月曜日の朝一番に工事の準備をしてまた伺います、と親方が言った。

ブロンソンが玄関まで一緒に行った。リビングの前を通るとき、一行のひとりが開け放たれたドアから中を覗き込むと、急に立ち止まった。ブロンソンにはよく聞こえなかったが、職人たちは何やら話し、それからリビングに足を踏み入れた。

「どうしたんですか?」

親方がブロンソンの方に振り返った。さっきまで上機嫌だった顔がガラリと変わっている。

「ハンプトンさんが大変なショックを受けているのは私も分かります。ですが、だからといって、私たちをだますような真似をされては困りますね」

ブロンソンは何のことかさっぱり見当がつかなかった。「説明してもらわないとよく分かりませんが」

「ブロンソンさん、私が言ってるのは、火曜日から今日までの間に、ハンプトンさんは明らかに別の業者を雇って作業をさせたということです。しかも、どうやら私たちの道具や資材を使ったらしい」

ブロンソンは首を横に振った。「私が知る限り、あなた方以外、誰もここで改修作業はしていません。ハンプトン夫人が亡くなったのは、火曜の夜か、水曜の早朝です。水曜の日中はずっと警察がいたでしょうし、その夜遅くには我々が到着してます。となると、一体いつ……?」ある可能性が頭に浮かび、語尾が消えた。「作業というとどんな作業ですか?」

親方が振り向いて、暖炉を指差した。「その暖炉の上の壁に漆喰が新しく塗られているんです。でも私たちは塗っていない。そもそも私たちは塗れません。なぜなら――」と、ここで親方は胸の前で十字を切った。「なぜならハンプトン夫人が暖炉のまぐさ石について決めるのを、私たちは待っている最中だったからです」

それを聞いて、ブロンソンは一瞬、気が遠くなるのを感じた。

「ここで待っていてください」と彼は言い、急いでキッチンに戻った。「マーク、おまえにも聞いてほしいんだ」

リビングに戻ると、ブロンソンはもっと詳しく説明するよう親方を促した。

「月曜日の午後でした。私たちは暖炉の上の壁から漆喰をはがしていました。そして、まぐさ石が露わになったとき、奥様を呼びました。というのも、石に大きなひびが入っていたんです。ちょうどこのあたりに」と、親方は暖炉のすぐ上にすっと斜めの線を引いた。「この下に鋼鉄のプレートが敷かれていますから、危険はありません。しかし、あまり見た目がよくありませんからね。奥様は元々、まぐさ石を露出させてインテリアの特徴にしようとしていたんですが、ひびが入っているのを見て、迷ったようでした。それで、考える時間がいるから、とりあえず古い漆喰をはがす作業を続けてほしいと言いました。だから私たちもはがしたんです。ところが、今見れば分かると思いますが、その箇所全体に新しい漆喰が塗られている。誰かがここで作業したんです」

ブロンソンは視線をマークに向けた。「おまえは何か知ってるか？」

マークは首を横に振った。「一切何も。それにジャッキーは彼らの作業をとても気に入っていたと思う。不満があったとしたら、絶対にそのことを彼らに伝えるはずだ。ストレートな性格だったから」

ストレートな性格とは控えめな言い方だ、とブロンソンは思った。使い古された言い方だが、ジャッキーは鼻っ柱の強い女だった。それは彼女の数ある魅力のひとつだったのだ。彼女はいつも思った通りのことを丁寧に、かつ堂々と口にした。

ブロンソンは再び親方に顔を向けた。「この家に他の建築業者が来てないことは間違いないと思います。しかし、今言われた通り、新しい漆喰が塗られているというのも確かなんでしょう。教えてほしいんですが、漆喰をはがしたとき、まぐさ石のひび以外で何かおかしなことに気づきませんでしたか？」

親方は首を振って否定した。「何もないです。字が刻まれた石がありましたが、単なる飾りのようなものでしょう」

ブロンソンは思わず勝ち誇ったような顔をマークに向けた。「ジャッキーが見つけたものがやっと分かったかもしれない」と言って、親方の言葉を訳し、マークが返事をするのを待たずに、またイタリア語で親方に話しかけた。

「はいでくださいɹ」暖炉の壁を指差しながら言った。「今すぐ、この壁から漆喰をはいでください」

親方は戸惑った顔を見せたが、すぐに仲間に指示を出した。二人の職人が、槌と刃の広い業務用の鑿を手に取り、二台のはしごを暖炉まで運び、作業を開始した。

三〇分後、職人たちは月曜の朝早くに来ると、もう一度約束し、古いライトバンに乗って帰って行った。ブロンソンとマークはリビングに戻り、壁のラテン語の刻印をじっと眺めた。ブロンソンはデジタルカメラで写真を何枚か撮った。

「最初の四文字は、書斎のあの紙に跡になっていたのと同じだ。やはりラテン語だった。どういう意味かは分からないが、ジャッキーが買った辞典を使えば解読できるかもしれない」

「ジャッキーがその三つの単語の翻訳をインターネットで調べていたと、おまえは言うけど、そんなのが殺される理由になるのか？　あまりに馬鹿げてる」

「そのせいで殺されたのかは分からないし、そもそも故意じゃないかもしれない。でも、これが唯一つじつまの合うシナリオなんだ。月曜、建築業者が刻印を露わにした。ジャッキーがその言葉を書き留めた。それは書斎にあった紙からも明らかだ。ラテン語辞典を買ったのが、たぶん火曜だ。きっとその後にインターネットで調べたんだろう。それで何事かがあって、おそらく火曜日の夜遅く、誰かがこの家に侵入した。そして、水曜の朝、ジャッキーは玄関ホールで死んで見つかった」

ブロンソンが続けた。「いや、おまえの言うことも分かるさ。窃盗犯になるどころか、意図的かはともかく殺人犯になる危険を冒してまで、おそらく二千年前にさかのぼる三つの単語の刻印に関心を持つ人間がいるなんて馬鹿げた話だろう。しかし、誰かがそうしたというのは事実だ。あの三つの単語はどこかの誰かにとって極めて重要なんだよ。それが誰でどんな理由なのか、明らかにしてやる」そして彼は付け加えた。「でも、インターネットは使わない方がいいだろうな」

II

ローガンとアルベルティはその夜早くにポンティチェッリに着いた。今回は直接マンディーノから電話があり、例の家へ三度目となる侵入の指示があったのだ。二人はこれが最後となることを願っていた。モンティ・サビーニに着くなり、その家の前をゆっくりと通過し、一階も二階も電気がついているのを確認した。これはやりにくい。気づかれずに、中に侵入し、石板の失われた部分を探すはずだったのだ。だが、実際には大した問題ではなかった。今回はマンディーノから前よりもっと大きな権限が与えられていたからだ。

「旦那が家にいるらしいな。とりあえず待つかい？」ローガンが車を加速させているとき、アルベルティが言った。

「あと二、三時間待とう。それまでには寝るだろう」

二時間半後、ローガンは目標の家の横から後ろへと通る小道を車で上っていった。そして、その家から見えない位置まで丘を上ると、車をUターンさせて、下る方に向け、ヘッドライトを消した。数分待って暗闇に目を慣らし、それからパーキングランプだけをつけて、目標の家の側面と背面がよく見える位置まで、下り坂をゆっくりと進んだ。車を脇に寄せ、ライトとエンジンを切った。念のため、ドアを開けた時に点灯しないよう車内灯のスイッチもオフにしておいた。

目標の家では一階のひと部屋に明かりが煌々とついている。彼らはしばらく座って待つことにした。

III

クリス・ブロンソンは、辞書をパチンと閉じ、疲れた目をこすりながら、キッチンの椅子に背をもたせかけた。

「これが一番いい訳だと思う。《嘘つきたち、ここに眠っている》、または短く言って、《嘘つきたち、ここに眠る》」

「お見事」と言いつつ、マークは理解できないという顔つきだった。「ところでそれはどういう意味なんだ？」

「俺にもさっぱりだ」ブロンソンも認めた。「だが、これが重要だという人もいるんだろう。まあ、俺たちにはまだ分からない。今日はこれで終わりにしよう。二階に上がってくれ。俺はドアや窓をチェックする」

「それが賢明だな」マークは立ち上がり、体を伸ばしながら、つぶやいた。「眠ってる間に、無意識の働きで急にアイデアが浮かぶかもしれん。おやすみ。また明日」

マークがキッチンからいなくなると、ブロンソンは椅子をひとつつかんで、裏口ドアの取っ手の下に押し込んだ。そして、部屋から出て、明かりを消した。

玄関のドアに施錠とかんぬきがされ、一階の窓と鎧戸がしっかり閉められているのを確認し、自分の寝室へと向かった。

＊　　＊　　＊

家の裏では、丘の道に駐まった車の中で、アルベルティがローガンをつついて起こし、下り坂の先を指差した。

「一階の電気が消えたぜ」

見ると、寝室のひとつの鎧戸のすき間から一筋の光が漏れていたが、一〇分後にはそれも消えた。他の二つの鎧戸からは、まだ鈍い明かりが見えるが、たぶん階段のランプだろう。

「もう一時間だけ様子を見よう」と、ローガンは言い、目を閉じて、車のシートに体を沈めた。

ゲストルームでは、ブロンソンがソニー製のノートパソコンＶＡＩＯを立ち上げていた。メールチェックが済むと、インターネットについて考えた。マークに言ったように、あのラテン語の言葉を無防備に検索エンジンやオンライン辞典に入力するつもりはない。しかし、あの言葉の重要性を確かめるには、他にも方法がある。

彼はまず、偽のＩＰアドレス――接続機器の位置情報を示すインターネット・プロトコルの番号――を生成する簡単なプログラムを走らせた。そして、まるで韓国のサーバーから接続しているように見せかけた。思わず笑みが漏れる。これならイタリアから遠くて、誰も追跡できないだろう。ただ、ここまでしても、彼はそのまま入力して検索をする気はなかった。その代わり、ローマ帝国最盛期に一般的に使われたラテン語の言い回しを翻訳して紹介しているサイトを見始めた。

約四〇分後、ブロンソンは二つのことを発見した。ひとつ目は、英語やイタリア語で知っている表現の中に、ラテン語を起源に持つものが驚くほど多いこと。二つ目は、《HIC VANIDICI LATITANT》という言葉が、二千年あまり前、日常的に使われた格言や表現の中にはないということ。だが、これはそれほど驚くことではない。よく知られた表現だったら、家に侵入するような特別な価値はないだろう。ともかく、調べた結果、可能性のひとつは消えたわけだ。

しかし、あの言葉については、まだ何も分からないも同然だ。ブロンソンは諦めて、パソコンをシャットダウンした。それから、鎧戸と窓を開け、新鮮な空気を入れた。メインの照明を消し、ベッドに入った。

家の裏を見渡してから、ローガンは頷いた。すると、アルベルティがジャケットのポケットから取り出した金てこを組み立て、その先端をドアの隙間に差し込んだ。それから持ち手を変え、こじ開けるようにし、ドアに力をかける。わずかにずれるが、そこから先が動かない。何かが引っかかっているようだ。

ローガンは、懐中電灯を取り出し、窓の向こうを照らした。光線がキッチンの室内で揺れる。何が邪魔になっているかを見ようと、電灯を下に向け、それから悪態をついた。ドアの取っ手の下に椅子が嵌まり込んでいる。ローガンが首を横に振ったのを見て、アルベルティは金てこを引き抜き、後ろに下がった。

二人組は家の裏を壁伝いに注意深く歩き、一番近くの窓まで来た。この家の一階の窓はすべて、木の鎧戸で上から下まで守られている。しかし、ローガンはそのことをあまり気にしていなかった。少し音がするだろうが開けられるさ。彼は懐中電灯で照らして鎧戸の仕組みを確認し、満足げに頷いた。中央の掛け金で左右の戸を締め、一番上と下をボルトで壁に固定する形だ。単純なタイプの鎧戸で、ひとつ欠陥がある。掛け金が外されると、上下のボルトも外れて、鎧戸が勢いよく開くのだ。

ローガンは、金てこをアルベルティから受け取り、その先端を左右の戸の間にすべり込ませた。それを掛け金の下側に当たるまで引き上げ、当たったところで持ち手をとんとんと叩く。すると、引っかくような音とともに、掛け金が持ち上がり、左右の鎧戸が外側へと開いた。ローガンはそれを全開にして、壁についていた金具で留めた。

すぐ上の部屋では、ブロンソンが暗闇の中で横たわりながら、眠ろうともせず、あのラテン語の三つの単語について考えていた。

そのとき、物音を聞いた。カチリという金属音の後に、きしむような音が続き、それからまたカチリ。確認のためにベッドから起き出る。窓のところまで歩き、慎重に外を見た。

家の裏に二つの黒い人影があった。月の光で大きなシルエットが浮かび上がり、小さな懐中電灯の光線が窓にちらちらと当たる。一時間ほど前に閉めたはずの鎧戸が全開になっていた。

ブロンソンはゆっくりと窓から離れ、服が置いてある場所へと戻った。黒のポロネック・セーターを着て、ダークカラーのズボンをはく。それから、スニーカーに足をすべり込ませると、寝室のドアをそっと開け、階段を下りて行った。

確かこの家に銃はない。だが、玄関脇の傘立てに太い杖が何本かあったはずだ。一番大きなものを選んで、持ち上げてみた。よし、これなら役に立つだろう。彼はリビングのドアに近づいた。うまい具合に半開きだ。何とか体を通せる程度にもう少し開いて、部屋の中に入り込んだ。

どれが鎧戸の開いた窓かは一目瞭然だった。その窓だけが明るくなっている。ブロンソンは低い姿勢を保ったまま、部屋を左側へ進んだ。招かれざる客の姿は窓から見えないが、これからガラスを割って、侵入してくるはずだ。

窓は十二枚の小さな単板ガラスが木の枠に嵌められたものだった。ローガンは窓破りの準備もしてあった。裏口を再び使うことができないとは予測していなかったが、こういった侵入任務の時には必ず代替策を用意する。この家のように古い建物の場合は、セキュリティーも甘いし、窓を破ってそこから入るというのが当然の選択肢となった。

彼は粘着テープをポケットから取り出し、いくつかちぎった。アルベルティがそれをひとつひとつガラスに星型になるように貼っていく。テープで囲まれた真ん中の部分に、余ったテープを折り曲げて《取っ手》にする。アルベルティは左手でそのテープの《取っ手》を持ち、右手の金てこを逆さまに持ち替え、丸い柄の部分でテープが貼られた窓に鋭い一撃を与えた。ガラスは一瞬にして割れたが、テープにくっついているので、《取っ手》を引っ張るだけで簡単にその破片を取り除くことができた。破片をローガンが受け取り、音をさせないよう地面に置いていく。その間に、アルベルティは窓の向こうに腕を伸ばし、掛け金を外して、窓を開けた。

アルベルティはできるだけ静かにやったつもりだったが、この物音が室内の誰かに聞こえている可能性は当然ある。彼は窓から侵入する前に、肩のホルスターから拳銃を抜き、弾倉を確認し、遊底を引いて弾を込めた。そして、銃に安全装置を掛けてから窓枠の左側をつかむと、右足を壁の突き出た石に置き、体を持ち上げ、窓から部屋に入るため、丸まった格好になった。

そのとき、ブロンソンが動いた。彼はガシャンと窓ガラスが割れるのを見て、侵入者たちの次の行動を予測していた。もし男たちが二人とも部屋の中に入ってしまったら、勝ち目はまずない。

それで、アルベルティが体を丸めて部屋の中へ飛び降りようと右腕を伸ばした瞬間、ブロンソンは壁から離れ、全身の力を振り絞り、杖を振り下ろしたのだった。杖はアルベルティの右肩の少し下を直撃し、骨を打ち砕いた。アルベルティは痛みと衝撃で叫び声を上げ、拳銃を落とし、反射的に後ろに重心をずらしてしまい、その体は外の地面に激しく叩きつけられた。

一体何が起きたのか、ローガンは一瞬分からなかった。ついさっきアルベルティが窓によじ登って侵入しやすいように、少し後ろに下がったばかりなのだ。だがその数秒後にアルベルティが苦痛で叫びながら、後ろ向きに落ちて来た。月明かりの中で目をこらすと、アルベルティの腕は折れているらしい。となると、結論はひとつしかない。ローガンは窓に向かい、自分の拳銃を持ち上げた。

室内の暗闇のせいでよく見えないが、何やら人影が動いている。ローガンはすぐさま銃をその人影に向け、狙いを定め、引き金を引いた。弾は残っていた一枚の窓ガラスを割り、室内の壁のどこかにぶつかった。

すぐ近くで拳銃の轟音が耳をつんざくように響きわたり、間髪入れず、ガラスの割れる音が続いた。軍事訓練のおかげで、ブロンソンは瞬時に床にはいつくばった。だが、侵入者が窓によじ登り、室内を見下ろす形になれば、間違いなく見つかってしまう。相手の視界から消えなくてはならない。それも速やかに。

一階の窓は普通より高い位置にあるので、二番目の男はほとんどつま先立ちになっているだろう。銃を撃つには決して理想的な姿勢ではない。素早く動けば、安全な場所に逃げることができるかもしれない。

ブロンソンは急に立ち上がり、頭をかがめ、部屋の中をジグザグに走った。さらに二発の弾が発射され、その銃声は夜の静けさの中で落雷のように轟いた。弾丸が室内の固い石壁にぶつかる音が聞こえたが、彼の体には当たらなかった。

建築業者が工事を始める以前、この部屋には、木枠のソファと肘掛け椅子の三点セット、コーヒーテーブルが二台、そして六脚ほどの小さめの椅子があった。今、それらはすべて、部屋の真ん中あたりに積み上げられている。

そうした家具がどんなに頑丈だとしても、さすがに弾丸を止めてくれるかは分からない。だが侵入者から隠れれば、銃にも狙われにくくなるだろう。ブロンソンは、カバーがかけられた家具の山の背後に飛び込み、床板に腹ばいになった。そこで、彼は待機した。


そのとき外では、アルベルティが折れた腕を押さえ、痛みにうめきながらも、どうにか立ち上がっていた。ローガンは、今夜は侵入するチャンスはないと踏んだ。ハンプトンかどうか分からないが、中にいる奴が軍警察《カラビニエリ》に通報していないとしても、近所の誰かが銃声を聞きつけ、電話をする可能性がある。それに、うめいているアルベルティを病院に連れて行かなければならない。静かにさせるためにも。

「さあ行くぞ」ローガンはどなった。そして、拳銃をホルスターに収め、アルベルティを支えるために身をかがめた。「車に戻ろう」

数分と経たずに、二人組は夜の暗闇へと消えて行った。


ブロンソンは、まだ家具の山の後ろに隠れていたが、そのとき上の方から足音が聞こえた。しばらくすると、玄関ホールの照明がついた。マークを銃撃戦に巻き込むわけにはいかない。ブロンソンは危険を承知で開いた窓を一瞥すると、飛び起きて入り口まで走った。そしてドアを開け、ホールへと逃げ込んだ。

「クリス、一体何があったんだ？　銃撃戦みたいな音が聞こえたぞ」マークは目をこすりながら訊ねた。

「正解。お客さんがやって来たばかりだ」

「何だって？」

「少し時間をくれ。リビングには入らないで、ホールで待機していてほしい。防犯灯のスイッチはどこだ？」

マークは、ホールの端、キッチンに向かう廊下の脇にあるスイッチの列を指差した。「一番下の右側だ」

　ブロンソンはそこに近づくと、スイッチを押した。

「リビングには入るなよ、マーク」もう一度注意してから、ブロンソンは階段を上って行った。二階に着くなり、窓を次々に開け、外を見渡し、家の周りを確認する。この家の防犯灯は、寝室の窓のすぐ下に強力ハロゲンライトが設置されていた。この位置にあるのは電球の交換をしやすくするためだろう。これには思わぬ利点があって、二階の者は下から見られることなく敷地を監視できるのだった。

　ブロンソンは二回確認したが、正体不明の二人組は既にいなかった。動物の鳴き声以外で聞こえるものは、速やかに遠のいていく車のエンジン音だけだった。おそらく逃げた侵入犯だろう。彼はもう一度すべての窓を確認し、それから階段を下りた。玄関ホールで、マークが大人しく待っていた。

「あいつらは前にこの家に侵入した連中と同じだと思う。俺が裏口のドアを椅子で押さえつけていたから、窓から入ることにしたんだ」

「そして、おまえを撃ったわけか」

「少なくとも三発、たぶん四発だな。そうだ、リビングの鎧戸を閉めてくるから、ここで待っててくれ」

　ブロンソンは、リビングのドアを慎重に開けて、中を覗き込んだ。そして、部屋に入るなり、開いた窓の方へと急ぎ、外に誰もいないか確認した後に、腕を伸ばして鎧戸を引っ張り閉めた。さらに窓も閉め、錠を掛ける。そうしてやっと部屋の明かりをつけ、ホールにいるマークを呼びに行った。再びマークとリビングに入った際、ブロンソンは割れた窓の近くの床に何かが落ちているのを見た。セミ・オートマチックの拳銃だと、すぐに気づいた。

手に取ると、弾倉を取り外し、銃尾から弾丸を排出した。使い古された九ミリ口径のブローニング・ハイパワー。セミ・オートマチックの中でも最も信頼され、広く使われているものだ。彼は排出した弾丸を弾倉に戻したが、薬室には装填せずに、ズボンのウエストバンドにはさみ込んだ。

「それはおまえのか?」マークが訊ねた。

ブロンソンは首を横に振った。「最近じゃイギリスで拳銃を持っているのは犯罪者だけだ。国を支配してるとされてる間抜けどもと情報操作する連中のせいでな。この銃は、窓をよじ登って侵入しようとした奴が落としたものだ。マーク、奴らは本気だぞ」

「警察に連絡した方がいいな」

「知ってると思うが、俺も警察だ。それに、ここの警察を呼んでも、何もできやしないだろう」

「でも、その二人組は家に押し入って、おまえに向かって発砲したんだぞ!」

「そうだな」ブロンソンは静かに言った、「しかし、現実として、俺たちにはその連中が誰かという手がかりがない。奴らが外に財布か何かを落としていたら話は別だがな。でもそこまで馬鹿じゃないだろ。となると、俺たちが持っている唯一の物的証拠は、破られた裏口、割れた窓、いくつかの弾痕、それだけだ」

「だが、その拳銃があるじゃないか。警察ならその出どころを……」マークの声が途中で詰まった。自分の言おうとしていることが、たわいないことだと察したようだった。

他人の家に侵入する類の連中は、足がつくような武器を持たない。犯罪者ではあるが、愚鈍ではないのだ。

「だけど、何かはしないといけないだろ」マークは不服そうな口調で言った。

「それはするさ。実際、もう考えてる」ブロンソンは安心させるように言い、暖炉の上の露わになった石を指差した。「あれが何を意味しているのかが分かれば、危険な二人組が銃を振り回しながら侵入しようとした理由が明らかになるだろう。その上、連中を送り込んだのが誰かも分かるかもしれない」

「どういうことだ？」

「俺の推理では、さっきの二人は単なるチンピラで、この仕事のために雇われたんだと思う。もし、二人組を捕まえていたとしても、おそらく与えられた任務以外のことは何も知らなかっただろう。ここで起きていることの裏には何かの企てがあるはずだ。事件を解明するためには、その企てを暴かなければならない。そして、この石に刻まれた文字がその核心にあるんだ」

IV

ローマ市の手前で、ローガンは駐車場に車を停め、エンジンを切った。アルベルティは、砕けた腕を押さえ、うめきながら、助手席にうずくまっている。ローガンは、マンディーノに電話で事態を説明するために一度だけ停車した以外は、全速力で運転した。それでもここまで一時間近くかかっている。アルベルティが痛がるのも当然だが、ローガンはうめき声にそろそろ我慢できなくなっていた。

「いいかげん静かにしてくれ。もう着いたんだ。あと数分経てば、おまえの腕には針が通されて、目が覚める頃にはすべてが終わってる」

ローガンは車を降りると、反対側に回って、助手席のドアを開けた。

「触らないでくれ」アルベルティはかすれて歪んだ声で言い、左腕だけを使って体を持ち上げ、席からやっとのことで身を起こした。

「じっとしていろ」ローガンは命令するように言った。「おまえのホルスターをもらう。つけたまま行かせるわけにはいかないからな」

彼はアルベルティのジャケットをはだけさせると、ストラップを緩め、ホルスターを外した。

「おい、拳銃はどこにあるんだ?」

「何のことだ?」

「おまえのブローニングだよ。どこだ? 車の中か?」

「クソッ。窓から入ろうとしたときに手に持っていたんだ。おそらく、あの家の中のどこかにある」アルベルティがあえぎながら言った。

「ちくしょう。あれが肝心なのによ」ローガンは言った。

「何が困るんだよ? 足はつかないはずだぞ」

「それはそうだ。だがな、あの銃は弾が満タンだ。おまえの腕を折ったクソ野郎がそれを手に入れたってことだぞ。俺はあの家にもう一度行って、任務を完了しなくちゃいけないのに」

ローガンは振り向いて、駐車場の反対側にある、照明で明るくなった低い建物を指差した。

「あそこに行ってくれ。救急窓口は右側にある。思い切り転んだとか適当な理由をつけろ」

「了解」アルベルティはよろよろと車から降りた。右腕をまだ押さえている。

「悪く思うなよ」ローガンは静かにつぶやき、自分の拳銃を抜くと、流れるような動きで、安全装置を外し、アルベルティの後頭部を狙い、引き金を引いた。

銃声が周囲の建物にこだまして、アルベルティは力なく地面に崩れ落ちた。ローガンは前に進んで、アルベルティの頭から流れる赤い物質を見ないように、その体をひっくり返し、財布を引き抜いた。それから車に戻り、走り去った。

数キロ進んだところで、車を道路の待避所に停め、マンディーノに電話をした。

「完了しました」マンディーノが出るなり、ローガンはそう告げた。

「よし。今日初めてまともな仕事をしたな。じゃあ、あの家に戻って任務を完了しろ。失われた石を探してもらわなきゃいけない」

第十章

I

「俺たちには助けが必要だな」

翌日、ブロンソンとマークは、朝食のためにキッチンに座っていた。

「警察ってことか?」マークが訊ねた。

ブロンソンは首を横に振った。「いや、専門家の助けってことさ。ここは六百年前に建てられたが、あの石の方はもっとずっと古い。たぶん二千年前のものだろう。そうでもなきゃラテン語の刻印があるなんて考えにくい。この家と同時代のものだったら、イタリア語が刻まれているんじゃないかな。俺たちには、あのラテン語が意味するものと、重要視される理由について、教えてくれる人が必要なんだ」

「それで誰が……ああ、そうか。アンジェラが助けになるって言いたいんだな」

　ブロンソンは、渋々ながらも頷いた。元の妻であるアンジェラは、彼の知人で唯一、古代世界の知識がある人間だった。だが、彼女に連絡を取っても、どういう反応をされるか分からない。離婚の過程は決して友好的なものではなかった。とはいえ、この問題を知的挑戦と捉えて、プロとして応じてくれることだってありうる。

「その通りだ。彼女は役に立つと思う。石のかたまりに刻まれたラテン語は、彼女自身の専門分野からは離れているだろうが、彼女なら大英博物館で誰か助けてくれそうな人を知っているはずだ。彼女だって、専門が一世紀から三世紀のヨーロッパにおける陶器だから、ラテン語はある程度できるはずだが、もっと専門的な人に聞いた方がいいと思う」

「それでどうする？　彼女にはおまえが電話するのか？」

「いや、俺の携帯番号から電話がかかっているのを見ても、彼女はおそらく出ないだろうな。メールで、写真を何枚か添付して送ることにするよ。ちゃんとその画像を開くように、興味を持ってくれるといいんだが」

　ブロンソンは自分の寝室へ行き、ノートパソコンを手に戻って来た。彼は最初の画像をダブルクリックし、そしてマークにも見えるようにパソコンをずらした。

「刻印がはっきり見える写真を二枚か、多くて三枚まで絞ろう。これはどうだ？」ブロンソンは言った。

「ちょっとピンぼけだな。次を見てみよう」

五分と経たないうちに、彼らは二枚の写真を選んだ。一枚は、石の刻印と壁自体との位置関係を示すために、少し離れた場所から撮影したもの。もう一枚は、刻印をかなり鮮明に撮ったクローズアップの写真だ。

「その二枚なら大丈夫だろう」マークが言った。ブロンソンは、石があった場所や自分たちが見つけた経緯をまとめる、元妻宛てのEメールを書いていた。

「返事が来るまでには時間がかかるかもしれない」と、ブロンソンは予想した。

だが、その予想は外れた。わずか一時間ほど過ぎたところで、ソニーのパソコンからEメールの受信を知らせるメロディーが流れた。そのメールは、アンジェラからではなく、ジェレミー・ゴールドマンという男からで、かなりの長さのものだった。

「聞いてくれ。アンジェラは写真を見てすぐに同僚に転送してくれたらしい。ジェレミー・ゴールドマンという古代語の専門家だ。彼はラテン語の翻訳を送ってくれた。既に俺たちが訳したものと全く同じだ。《嘘つきたち、ここに眠る》」

「つまり、時間の無駄だったってことだな」マークが言った。

「いや、そうじゃない。あの石の正体についても、彼なりの考えを教えてくれてるんだ。まずはあのラテン語の刻印そのものについて。《嘘つきたち》が何を意味しているのか、確かなところは分からないようだが、彼はこの言葉が本のようなものを示唆しているのではないだろうか、と書いてる。石に文字を刻んだ人間が偽物だと思っている文書があり、それをほのめかしているのではないか、とね。また、彼によれば、この言葉は墓を示しているわけではないそうだ。使われている動詞が、何かがどこかに覆い隠されているということしか意味してないらしい。あの刻印は特に加工されていないし、文字の形から見ても、非常に古く、おそらく紀元一世紀までさかのぼるとのことだ」

ブロンソンはさらに続けた。「彼は石の形についても言及しているが、やはり墓標にはふさわしくない形だそうだ。あの石はかつて何かの壁の一部で、元の場所ではその下にさらに別の刻印のある石があり、下部分には、ラテン語の言葉が示しているものの場所の地図が刻まれていたんじゃないかと彼は言ってる。メールの終わりの方では、置物としては興味深い石だが、それ自体として価値があるものではない、と書いてるよ。彼の推測では、この家が建てられたときに、建築家があの石を見つけて、部屋に特徴を与えるために、壁に組み込むことにしたんじゃないか、と。そして、時代を経るにつれて、人々の趣味が変わり、漆喰が塗られた」

「なるほど。確かに参考になると思うよ」マークは認めた。「しかし、問題の解決にはそれほどつながらないんじゃないかな。あの二人組が侵入した理由については、まだ分からない」

「いや、俺はつながると思う。三つの単語が示すものが何であれ、それをどうしても明らかにしたくない奴がどこかにいるってことだからな。そうでもなかったら、わざわざ壁にもう一度漆喰を塗ったりしないはずだ。そして、その人物は間違いなく《嘘つきたち》が何なのか、はっきり把握していて、今はそのありかを見つけようと必死になっている。それで、あの石の失われた部分を探してるんだ。つまり、《嘘つきたち》が隠されている場所の地図さ」

「そしたら俺たちはどうしたらいいんだ?」マークが訊ねた。

「分かり切ったことだ。失われた石を探そう。侵入犯が戻ってくる前に」

II

ジョゼフ・ヴェルトゥッティ枢機卿は、カフェイン摂取量がこのところ急上昇していた。またしても、マンディーノに呼び出され、またしても、にぎやかなオープンカフェにいるのだ。今回はバチカンから遠くないカヴール広場だ。いつも通り、マンディーノは若いボディーガードを二人連れている。今回くらいは、いいニュースを聞きたいものだと、ヴェルトゥッティは思った。

「今日の用件は、君の部下が石の残りの部分を見つけたという報告かな？」願望も込めて言った。

マンディーノは首を横に振った。「いや違う。話し合いたいことがあるんだ」そう言いながらも、彼は自分から話そうという感じではなかった。

「今度は何だ？」

「猊下、私はこの任務に割く時間がだんだん増えているんだが、同様に金銭的な支出も著しくかさんでいてね。確か、我々が契約を結んでいるのは、あんた方に代わって問題を解決するためだったはずだ。だから、あんた方も進んで経費を出してくれるものだと思っていたんだがな」

「何だと!?　君は――」ヴェルトゥッティはここで急に声を小さくした。「バ、チ、カ、ン、に、君たち組織へ金を支払えというのか？」

マンディーノは頷いた。「その通りだ。最終的な費用は一〇万ユーロ近くかかるとにらんでいる。我々がこの問題を解決したあかつきには、すぐに送金できるようにそれくらい用意しておいてくれ。あんたなら、手配できるだろ。口座については後日改めて伝える」

「そのようなことは絶対にせんぞ。第一、私にはそんな大きな額を扱う権限はないし、もしあったとしても、おまえらには一ユーロだって送金するつもりはない」ヴェルトゥッティは興奮してまくしたてた。

マンディーノは表情ひとつ変えずヴェルトゥッティの顔を見た。「そう来るだろうと思っていたよ、枢機卿。だが、ずばり言えば、あんたは反対する立場にないのさ。そんな些細な金額も都合できないと言うのだったら、私は自分の組織の利益を一番に考える。あんた方のために、例の遺物を破壊したり、渡したりなんてしない。おそらく、見つけたものを公表することになるだろうな。ピエロが我々の今までの発見にひどく興味を持っていてね。あの遺物を見つけて科学的調査にかければ、学会での輝かしい未来が約束されると思っているようだ。しかし、もちろん、最後はあんたの判断だ」

「それは恐喝だな、マンディーノ」

「好きなように言うがいいさ、猊下。だが、誰を相手にしているのか、よく考えるんだな。我々の組織は、あんた方の代理でこの任務を遂行するために必要な経費を使っているんだ。あんた方が支払うのが当然だと思うがな。それでも金を出さないと言い張るとしたら、我々があんた方に果たすべき義務はなくなる。それなら、こっちが何とか経費の埋め合わせをするために、最善の手を打ったっていいだろう。そして、そもそも私がキリスト教の味方ではないことも忘れるなよ。あの遺物がどうなろうが、私にはどうでもいいことだ」

ヴェルトゥッティはマンディーノをにらみつけたが、他に選択肢がないことはお互いによく分かっていた。

「いいだろう。何か手配ができるか、確認してみる」

「素晴らしい」マンディーノは、にやりと笑みを浮かべた。「最後はきっと意見が一致すると思っていたよ。ポンティチェッリの事態を打開したら、すぐに連絡する」

III

「ジェレミー・ゴールドマンはかなりの切れ者だな」ブロンソンは言った。彼はEメールを読み返していて、ゴールドマンが書いている別の意見の重要性に、たった今気づいたのだった。

「どうして?」マークが訊ねた。

「刻印の石について、彼がもうひとつ指摘していることがあるんだ。あのラテン語は、左右で比べれば石の真ん中にあるけど、縦方向で見ると真ん中にはない。石の上端よりも下端の方に寄ってるんだ。つまり、あの石は完全な形ではなくて、誰かに下の部分を切り取られたってことになる。実際に見に行ってみよう」

二人はリビングに入り、暖炉の前に立って、石を見つめた。ゴールドマンの指摘が正しいことはすぐに分かった。

「ここを見てくれ」ブロンソンが言った。「意識的に見てみると、誰かが下部分を切り取った痕跡がはっきり分かる。この刻印がある方の石は、かつてはもっと大きな、おそらく二倍くらいの石板の一部だったんだ。となると、俺たちが今やるべきことは、下半分を見つけることだ。そこに地図や道順みたいなものが刻まれているんだろう」

「それを探すのは大変だな。この家は石造りで、車庫もそうだ。ここは元々、小さな納屋から始まって、後に大きな馬屋になった場所なんだよ。周りの庭は二〇〇〇平方メートルほどの広さで、そのあちこちに岩石が埋まっている。しかも、その中には形から見て、明らかに加工した石もかなりある。もしその下部分の石がここのどこかにあるとしても、それを見つけるのはものすごく時間がかかるだろう」

「マーク、俺の推理では、その石がこの敷地内にあるとしたら、家の中のどこかに埋め込まれていると思う。ちょうど刻印の石のようにな。この石は注意深く切り取られたようだ。切断された縁の部分はほぼ真っ直ぐになっている。そんな手間をかける人間が、切断した下半分を単にそこらへんに転がしておくとは考えられない」

「そしたら家の中から調べよう。問題はどの壁から開始するかだな」

ブロンソンはマークの方を見て、にやりと笑いかけた。何にしても、こうやって探していると、二人ともジャッキーの死から気が紛れる。「どうせ全部調べるんだ。さっそくこの壁から始めよう」

三〇分ほど経った後、二人は再びリビングに立ち、暖炉の上にある刻印の石をじっと見ていた。この家の壁は、マークが購入したときには既に三つの壁以外すべての壁が塗装をはぎ取られ、石が見えていた。その露出した石をたった今ひとつひとつ念入りに調べたのだったが、変わったことは一切何も見つけられなかった。残る二部屋は自分たちの手を汚すしかない。一部屋はダイニングで、職人に手をつけられていない壁が二つあった。もう一部屋はこのリビングで、暖炉側の壁のおよそ半分にまだ元の漆喰が残っていた。

「そこまでする必要があるのか？」ブロンソンが職人の作業着を着て、ハンマーと鑿《のみ》を手にしたとき、マークが訊ねた。

「俺はあると思う。この問題を解決するには、失われた半分の石を見つけるしかない」

「その後はどうするんだ？」

「まずは石を探し出して、そこに刻まれたものを解読しないと、その先は分からない」

それから、ブロンソンは振り返り、暖炉の壁をじっくり調べた。元の漆喰は、ひびの入ったまぐさ石の左側から始まり、既に石が露出する後ろ側の壁まで続いている。

鑿を固く握りしめ、その先を漆喰の端から七センチほどのところに当て、ハンマーで強く叩いた。鑿が一センチほど埋まると、漆喰の破片が床に落ち、石壁が露わになる。この作業はそれほど時間がかからなそうだった。

ローガンは、疲れて肩もこり、いらいらしていた。もううんざりだ。あれからモンティ・

サビーニに戻った後、どうにか朝まで車の中で眠り、起きると街でコーヒーと菓子パンという朝食を済ませた。それからすぐにこの家に直行し、午前中の間はずっと双眼鏡で中を眺めている。

家の中には二人の男が見えた。予想通り、ひとりではない。片方の男が作業着を着て、リビングの壁を削り始める様子もはっきり分かった。ハンプトンだか誰だか知らないが、どうやら俺のために仕事をしてくれるようだなとローガンは思った。

この古い家屋はところどころに木や茂みのある芝生に囲まれていたので、彼は気づかれることなく容易に接近することができた。それから壁に張りついて、徐々に体を起こした。ここからだと斜めの位置だが、リビングが覗けて、何が起きているか分かる。

漆喰を全部はがすのは、あまり時間がかからなかった。ブロンソンが鑿で突くたびに、六、七センチ四方のかたまりが落ちる。作業を始めてから九〇分ほど経ったところで、壁全体の漆喰が取り払われた。それから、彼はマークと二人で、露わになった石をひとつひとつ調べていった。いくつかに鑿の跡がついているが、地図や刻印のようなものは何もない。

「で、次はどうするんだ?」壁際に積み上がった破片に目をやりながら、マークが訊ねた。

「それでもこの家のどこかにあると思うんだ」ブロンソンが答えた。「刻印の石が単に装飾目的で壁に埋め込まれたとは考えられない。あのラテン語の言葉に今でも何らかの影響力があるということは、この家が建てられたときにもそうだったに違いない。つまり……」彼はここで言葉を切り、改めて暖炉の上の石を眺めた。手がかりはずっとそこにあるんだ。まさに目の前に。

「どうしたんだ?」

「隠し場所の隠し場所ってことかな。ジェレミー・ゴールドマンによれば、この刻印は一世紀のものと推定される。だが、家が建てられたのは六百年前」

「それで?」

「つまり、家が建てられたときには、この石が彫られてから既に千四百年ほど経っていたということになる。その場合、石がただの装飾でしかないとしたら、どこに置かれるだろうか? おそらく暖炉の上だろう」ブロンソンは自分で答えて言った。「しかし、厳密に言えば、今の位置は異なっている。本来なら、まぐさ石のすぐ上にバランスよく文字が真ん中に来るように置くだろう。だが、この石は左側に寄せて埋め込まれている。これはわざとやったに違いない。この石が単なる飾りではなく、特別な意味があるものだと示すサインとしてな」

ブロンソンは続けた。「この家を建てた人間が石を発見して、《嘘つきたち》という言葉が何を意味するか分からないながらも探し出そうとし、だが地図が辿れなかったか、手がかりが見つけられなかったと考えてみてくれ。おそらく彼らは石を分割し、地図の部分を保管のためにどこかに隠すだろう。だが、後の世代のために、その隠し場所の目印は残すはずだ。つまり、この上部分の石自体が、長く埋められた何かを示す地図になっている下部分の石のありかを示す目印なんだ。俺の考えが正しいとしたら、《HIC》というラテン語で《ここ》を意味する文字が、この刻印の中で最も重要なものになる。この言葉がまさに石の欠けている部分の隠し場所を教えてくれているんじゃないだろうか」

「つまり、《ここ》が、ありかを示すバツ印みたいなものだってことか？」

「その通りだ」

「だが、それならどこにあるんだ？　この固い石壁は一メートル近い厚さがあるんだぞ。《ここ》って言ったって、この壁の中に気づかれていない別の石があるなんて、どういうことなんだ？」

「必ずしも壁の中とは限らないさ。たぶん下だ。隠し場所は床の下かもしれない」

しかし、それだと見つけられそうになかった。この古い家の暖炉は固い花崗岩のかたまりを集めて造られたもので、床は厚いオーク材でできていた。隠し場所が暖炉の下でも床の下でも、巻上げ機など大掛かりな工事が必要になる。

「俺たちが探しているものが、床に隠し扉があるという類の単純で分かりやすいものだとは思わないが、でもそれを見つけるために家の半分を壊さないといけないというのも、ありそうにない話だと思うんだ」ブロンソンは言った。

彼はもう一度壁を見た。「壁は一メートルの厚さだって言ったよな?」

マークは頷いた。

「それなら、壁の反対側に何かあるかもしれない。巻尺みたいなものは持ってるか?」

マークは外に出て、車庫の裏の作業場に向かい、数分後に、大工仕事用のスチール製の巻尺を持って戻って来た。ブロンソンは巻尺を受け取ると、床に当てて、ダイニングに続く入り口から石の中心部までの正確な距離を測った。マークは紙にそれを図にして書き留めた。それから二人はダイニングへと入った。

ダイニングはリビングよりもずっと小さな部屋だった。リビングの裏側にあたる壁は全面が漆喰に覆われている。家具は移動していないが、他の部屋と同じく、ほこりよけカバーをかぶっている。ハンプトン夫妻はダイニングの南側の壁を壊して出入り口を作り、温室を建てる予定だったが、まだ建築許可を待っている段階だった。

ブロンソンは、マークが書いた図を見ながら巻尺で測り、刻印の石のちょうど裏側になる箇所にバツ印をつけた。位置が正確かどうか確認するために、彼らはもう一度リビングで測り、ダイニングでも同じように測った。

それから、ブロンソンは鑿とハンマーを手に取り、脚立に登って、バツ印をつけた箇所にひと叩きした。漆喰が割れ、さらに二回叩くと、大きめのかたまりが壁からはがれ落ちた。彼はちりや破片を払おうと、露出した石壁を手で拭いた。

「ここに何かあるぞ」興奮にうわずった声で彼は言った。「地図じゃない。でも何かが刻まれているみたいだ」

さらに六回ほどハンマーと鑿で叩くと、その石の全体が明らかになった。

「これ」とマークは言いながら、やや幅広の刷毛を手渡した。

「ありがとう」とブロンソンはつぶやき、石の上を素早く刷毛ではいた。ハンマーでもう二、三回強く叩くと、残る漆喰の破片も取り払われ、石に刻まれた文字がはっきり見えた。

それはある国の血塗られた歴史を暗に示す刻印だった。そして、現代に殺人事件を引き起こすほどの刻印だったのだ。

ローガンは、作業着の男がリビングの壁から漆喰をすべてはぎ取る様子を食い入るように眺めていた。何も見つからなかったときには笑いさえした。だが、無駄じゃない。俺の仕事を減らしてくれているんだから。

その後、彼らが懸命に刻印の石の正確な位置を計測しているのを見たとき、最初ローガンにはその理由が分からなかった。だが、二人が小さなダイニングに入って行ったのを見て、彼らに何か考えがあるのだと思った。二人が視界から消えた瞬間、ローガンはさっと身をかがませ、壁沿いを急いで進んだ。そして、ダイニングの二つある窓に近いところで足を止めると、ちょうど家の中が見える体勢になるまでゆっくりと身を起こした。だが、そこまで用心せず裸で外を走り回っていたとしても、中の二人は気づかないだろうな、とローガンは思った。それくらい二人はダイニングの壁に意識を集中している。

ローガンが見ていると、ダイニングの窓の厚く古いガラスで視界はやや歪んでいたが、それでも男が石の表面を露わにしたのが分かった。マンディーノが探している石の失われた部分は、どうやらやはりこの家の中にあったようだ。

地図ではなさそうだ。窓ガラスを通してで見えにくくはあったが、彼の場所からは詩が何行か書かれているように見えた。ともかく、石に刻まれた内容が何であるにしても、別の刻印があったという事実だけでも、マンディーノに報告する価値がある。自分だけで家の中に侵入する気にはなれない。今は向こうの方が人数が多いし、しかもそのうちのひとりはアルベルティの拳銃を身につけているだろう。マンディーノはローマから別の男を派遣すると約束したが、そいつはまだ来ていない。

とりあえずは目にしたものをマンディーノに報告して、指示を仰ぐのが先決だな、とローガンは考えた。彼は素早くかがみ込み、壁に沿ってゆっくりと進んだ。そしてダイニングの窓からもリビングの窓からも見えない位置に来ると、芝生を駆け抜けて、侵入ポイントだった垣根のすき間に潜り込んだ。そして、車に歩いて戻り、携帯電話をしまったダッシュボードに手をかけた。

「クリス、これは一体何なんだ?」ブロンソンが脚立から降り、新たな刻印の石を見上げると、マークが訊ねた。

ブロンソンは首を横に振った。「分からない。ジェレミー・ゴールドマンの推理と最初の石への俺たちの解釈が正しいとしたら、これは地図のはずだったんだ。だが、今俺たちが目にしているのは、少なくとも地図ではないな」

「ちょっと待ってくれ。確認したいことがある」

そう言ってマークはリビングに行き、最初の石を見て、すぐに戻って来た。「思った通りだ。こっちの石は少し色が違う。本当に二つの石につながりはあるのか?」

「分からない。確かなことは、この石がもうひとつの石の真後ろに埋め込まれているということだ。見た限り、ぴったりとね。俺にはこれがただの偶然とは思えない」

「詩のようだな」マークが刻印を眺めながら言った。

「俺もそう思う」ブロンソンは頷いて言った。飾り文字が十行連なって二節の詩になっている。その上には三組の大文字からなる題名がついているが、意味が分からない。おそらく何かの省略なのだろう。「だけど、詩の刻まれた石がこの壁に埋め込まれなければならなかった理由がさっぱり分からないんだ」

「それに言葉もラテン語じゃないよな？」

「うん。確かに違うな。いくつかの単語はフランス語と共通の部分があると思う。例えば、ここの三つ《ben》、《dessús》、《perfècte》は、現代フランス語と似てなくもない。でも、この《calix》はフランス語とは違う気がする」

ブロンソンはもう一度脚立に登って、刻印を近くから見た。二つの刻印の石には言語以外にも違いがあった。マークの言う通りだ。石の色が違う。だがそれだけじゃない。詩の文字の書体もリビングの刻印とは全く異なる。それに、この石はところどころ磨り減っている。まるで長い間、たくさんの手で触られたかのように。

IV

電話の音が執務室の静寂を破った。

「進展があったよ、枢機卿」あざけるような軽い調子の声を聞いて、ヴェルトゥッティはマンディーノだとすぐに気づいた。

「どういうことだ？」

「部下の一人がモンティ・サビーニの例の家を見張っていたんだが、ついさっき、もうひとつの刻印の石が見つけられたと報告してきた。最初の石の真後ろにあった。地図ではなく、文が何行か連なっているらしい。詩のようだとも」

「詩だって？　訳が分からんな」

「枢機卿、私が詩だと言ってるわけじゃない。部下が、詩のように見えたと言っているだけだ。何であれ、それが石の失われた部分には違いない」

「で、次はどうするつもりなんだ？」

「この問題もここまで来ると非常にデリケートになる。もう若い奴《ピチョッティ》には任せておけない。明日の朝早く、ピエロと一緒にポンティチェッリに行くつもりだ。家の中に侵入次第、両方の石の刻印の写真を撮り、写しを書いて、その後で石を破壊する。あの石の情報さえ手に入れば、あとはピエロがどこを調べればいいかを解明してくれるはずだ。私が出かけている間は、携帯電話の方に連絡してくれればいい。だが、緊急事態に備えて、私の右腕アントニオ・カルロッティの電話番号も後で伝えるよ」

「緊急事態、どんなことが起こるんだ？」

「どんなことでもさ、枢機卿。数分後に番号を載せたメールを受信するはずだ。それと、あんたの携帯は常に電源が入った状態にしておいてくれ。そして――」マンディーノは一呼吸置いて続けた。「このことは頭に入れておいてほしいんだが、もしその家にいる二人の男があれを解明していたら――」

「二人の男？　二人の男とは何の話だ？」

「一人は死んだ女性の夫だろう。だがもう一人の男が何者か分からない。ともかく、もしその連中が我々の探しているものに気づいていたら、前にも言ったが、確実に制裁を執行するからな」

第十一章

I

「マーク、あの詩はオック語で書かれているようだ」ブロンソンがノートパソコンから顔を上げて言った。彼はインターネットで二番目の刻印について調べていた。全体の文を入力しないように注意しながらだ。その結果、いくつかの言語に一致する単語——例えば《roire》という単語はルーマニア語でも使われていた——もあったが、彼が刻印から選んだすべての単語を含む言語は、唯一オック語だけだと判明したのだった。オック語は、南フランスのラングドック地方を発祥として話されているロマンス語のひとつだ。オンラインの辞典や語彙集、クロスリファレンスを調べまわって、どうにか訳せた単語もあったが、彼が見つけたわずかなオック語の辞書には、載っていない単語も多かった。

「どういう意味なんだ？」マークが訊ねた。

ブロンソンはうなってから答えた。「さっぱり分からない。いくつか飛び飛びで訳せる単語があっただけだ。例えば、この六行目の《roire》という単語は、《オーク》を意味している。同じ行には《ニレ》を示す単語がある」

「だからといって、それが中世の農業か林業の詩ってわけじゃないよな?」

ブロンソンは笑った。「そうあってほしくないし、実際そうじゃないと思う。それにちょっと興味を引かれる点がある。最後から二番目の行に《calix》という単語があるんだが、俺が調べたオック語の辞典のどれにも載っていなかった。どうやらこれはオック語ではなく、ラテン語の単語のようなんだ。それならこれは《聖杯》という意味になる。しかし、なぜオック語の詩に突然ラテン語が登場するのかが分からない。ロンドンのジェレミー・ゴールドマンに送ってみた方がよさそうだな。そうすれば、この詩が一体どういうものなのか分かるだろう」

彼は既に二番目の刻印の写真は何枚か撮ってあり、ノートパソコンのハードドライブに保存していた。また、詩も打ち込んでワードファイルにしてあった。

「さあ、あとはこの石をどうするか決めなきゃいけないな」彼は言った。

「例の侵入者は戻って来ると思うか?」

ブロンソンは頷いた。「それは間違いない。俺は昨夜、二人組の片方にかなりの傷を負わせたからな。連中がまだ戻って来てない唯一の理由は、俺たちが銃を手にしたことが分かっているからだろう。だが、必ず戻って来ると思う。それもかなり早くに。そしてこの石だ――」と指差しながら言った。「きっとあいつらが探しているのはこの石なんだ」

「それならどうしたらいいと思う？　もう一度漆喰で覆った方がいいのか？」

「そうしても意味がないだろう。連中がここに入って来れば、漆喰が新しいことにはすぐ気づくはずだ。単に隠すだけじゃなくて、もっと積極的な方法を取った方がいいと思う。漆喰ははいだままにして、鑿とハンマーでこの刻印を消すのはどうだろうか。そうすれば、後で調べようにも手がかりがなくなる」

「そこまでする必要があるのか？」

「正直なところ、分からない。だが、この刻印さえなくなれば、追跡はまさにここで止まる」

「連中は俺たちを追いかけてくるかもしれないぞ。俺たちは両方の石の刻印を見ているんだからな」

「それまでにイタリアを離れればいい。ジャッキーの葬儀は明日だ。終わり次第、すぐにここを発つ。そうすれば、明日の夕方にはイギリスに戻れるはずだ。この事件の背景にいる連中もさすがにイギリスまではわざわざ追って来ないんじゃないか」

「分かった。この事件を終結させるのに必要なんだったら、そうしよう」

二〇分後、ブロンソンは石の表面の全体を削り落とし、刻印をすべて消し去った。

II

グレゴーリ・マンディーノは、朝九時半にポンティチェッリに到着し、約束した郊外のカフェでローガンと落ち合った。いつものボディーガード二人と学者のピエロを連れている。車は、ローマ中心部からボディーガードが、大きなランチアのセダンを運転してきた。

「おまえが見たものをもう一度正確に教えてくれ」マンディーノがそう言うと、ローガンはローザ館のダイニングの窓から見たものをマンディーノとピエロに聞かせた。

「地図ではないというのは確かなんだな？」説明が終わると、マンディーノが訊ねた。

ローガンは頷いた。「ええ、十行ほどの詩に見えました。それに題がついている形です」

「詩ですか？　どうしてただ普通の文章ではなく詩だと分かったのですか？」ピエロが訊ねた。

ローガンは彼の方を向いた。「それぞれの行の長さが違ったし、石の中央に揃えられてそういう行が並んでいるように見えたんです。ちょうど本に載ってる詩みたいに」

「あと、石の色が違うようだとも言いましたよね。具体的にはどう違ったのですか？」

ローガンは肩をすくめた。「すごく違ったわけではないんですが。ただ、リビングの石よりも茶色が薄いと思いました」

「それなら多少色が違っても、私たちの探しているものに間違いないでしょうね。私は石の下部分に地図があると考えていたのですが、そうではなく、詩のような文章が遺物の隠された場所を示しているのでしょう」ピエロが言った。

「まあ、行けばすぐに分かることだ。他に何か気づいたことはあるか?」

マンディーノがそう言うと、ローガンは少し考えてから答えた。

「もうひとつあるんです、首領《カーポ》。あの家の男たちは銃を持っているはずです。アルベルティが侵入しようとしたときに、その中の一人に攻撃されて、拳銃を落としたんですよ。家の中に落ちて、拾われてしまったと思います」

「アルベルティの奴はいい厄介払いだったな」マンディーノは怒気のある声で言った。「だが、その連中が外出するまで待たなきゃいけなくなったわけだ。あの家で銃撃戦は避けたい。他には?」

「いえ、何もありません」ローガンは答えた。わずかに汗をかいていたが、それは早朝の日差しのせいではなさそうだった。

「分かった。葬儀は何時だ?」

「十一時十五分です。場所はこのポンティチェッリ」

マンディーノは腕時計に目をやった。「よし。今からあの屋敷まで車で行き、連中が出発したら、即座に侵入する。そうすれば、少なくとも二、三時間は、詩の意味を調べたり、連中におもてなしをする支度ができるだろう」

「私はちょっとそこまでは――」ピエロが口を開いた。

「心配はいらないよ、先生《プロフェッソーレ》。連中が戻って来たときには、あんたは屋敷から離れていていい。あんたの役目はとにかく詩や他のものを解き明かすことだ。それが終わったら、部下に車で送らせるよ。あとは我々が始末する」

III

イタリアに来てからは毎日そうだったが、ジャッキーの葬儀の日も朝からいい天気になりそうだった。空はくっきりと青く、雲ひとつない。ブロンソンとマークはかなり早くに起き、十時四十五分には家を出る準備ができていた。そろそろ十一時十五分から行なわれる葬儀のためにポンティチェッリに向かわなければいけない。

ブロンソンは、車庫に行き、アルファ・ロメオのトランクにノートパソコンとカメラを入れた。あと数分で十一時だ。だが忘れ物に気づき、家の中に戻った。ブローニングの拳銃。彼は寝室に上がり、銃を手にすると、ズボンのウエストバンドにはさみ込んだ。

二分後、マークが助手席に乗りシートベルトを締めると、ブロンソンはギアを入れ、車を走らせた。

その頃、マンディーノのランチアは、ローザ館とポンティチェッリをつなぐ道路から少し離れた場所にある、わびしげな小さなスーパーの駐車場にローガンの車と並んで駐まっていた。この場所からだと、屋敷の入り口と道路がよく見える。

間もなく十一時というとき、一台のセダンが入り口に現われ、こちら側に向かって来た。

「来たぞ」マンディーノが言った。

目の前をアルファ・ロメオが通り過ぎて行く。はっきりとは見えないが前部に二人座っていた。

「よし。二人とも乗っていた。家にはもう誰もいないはずだ。さあ行くぞ」

ランチアは駐車場から出て、屋敷に向かった。その後ろではボディーガードのひとりが、ローガンのフィアットを運転し、アルファ・ロメオから一八〇メートルほど間をあけて、ポンティチェッツリまでの追跡を始めた。

ランチアは門柱の間を堂々と入って行き、玄関近くまで来ると向きを反対に変えて停まった。ローガンが降りて、屋敷の裏手に回り、ポケットからナイフを取り出して、リビングの鎧戸の留め金を外す。思っていた通り、侵入を試みて失敗した前回にアルベルティが割った窓ガラスは、まだ割れたままだった。だから、手を窓から通して、錠を開けるだけで済んだ。

素早い身のこなしで、彼は窓枠によじ登り、リビングの床板にどしんと着地した。すぐさま肩のホルスターからピストルを取り出し、室内を見渡す。だがこの古い屋敷のどこからも物音は聞こえなかった。

リビングから玄関ホールに向かい、表の扉を開ける。マンディーノがピエロとボディーガードを引き連れて中に入り、扉が閉められるのを確認してから、ローガンに先導を促した。

だが、ローガンの後ろについて、リビングを横切り、ダイニングに入るなり、彼らは黄土色の石の前で急に足を止めた。あるはずの刻印がない。

「一体どこにあるんだ？　刻印はどこなんだ？」マンディーノの声は怒りに震えていた。

ローガンは幽霊を見たような顔色で、「ここにあったんです。間違いなくこの石に刻まれていたんです」と、壁を見ながら叫んだ。

「床を見てください」ピエロが壁際の床を指差して言い、それからかがみ込んで、石片を集めてつかみ上げた。「誰かがこの石の刻印の部分を削り取ったのです。ほら、文字の跡が一部にしろ残っている破片もあります」

「それでどうにかできるか？」マンディーノが訊ねた。

「三次元パズルのようになりそうですね。しかし、いくつかは元に戻せるかもしれません。石を壁から外していただく必要があります。そうしてもらわないと、破片がどこに当てはまるのか、とてもじゃないけれど分かりません。それに石の表面に科学的な分析を行なって刻印を復元するという手段もあります。化学薬品やX線検査などですね」

「それは本当にできるのか？」

「試してみる価値はあります。私の専門ではないのですが、現代の復元技術の高さには驚くべきものがありますから」

マンディーノにしてみれば、その可能性に期待するより他なかった。彼はまずボディーガードを指差して、「おまえはタオルやシーツのような、破片を入れるための柔らかいものを探しに行け。そしてできる限りすべての破片を集めるんだ」と指示した。それからローガンの方を向いて、「こいつが集め終わったら、脚立を持って来て、石の周りのセメントを削り取ってくれ。だが石自体をこれ以上傷つけないように気をつけろ。外せそうになったら、我々も手伝う」

部下たちが動き始めるのを少し眺めた後、マンディーノはドアの方に向かい、ピエロについて来るように手招きした。「我々は他の部屋を調べよう。連中が、見つけたものを書き留めていてくれたらいいんだが」

「石にあんなことをしたのが彼らなら、メモを残しているとは非常に考えにくいですね」ピエロが答えた。

「分かっている。それでも探すんだ」

書斎に入ると、マンディーノはすぐにデスクトップ・パソコンとデジタルカメラを見つけた。「これは持って行くぞ」

「そのパソコンはここで起動して中を見てみませんか?」ピエロが提案した。

「それもいいだろう。だが、初期化されたハードディスクからでもデータを復元できる専門家が知り合いに何人かいる。彼らに調べさせようと思う。それに、この屋敷の連中が刻印を消し去る前に石を写真に撮っていたとしたら、カメラの中にまだ画像が残っているかもしれない」

マンディーノはパソコンの電源と配線を引き抜き、本体を持ち上げた。「カメラを持って来てくれ」とピエロに命令すると、先を歩いて玄関ホールに向かい、表玄関の脇に慎重にパソコンを置いた。

彼らがダイニングに戻ったとき、ちょうどローガンとボディーガードが刻印の石を壁から外しているところだった。石が床に下ろされると、マンディーノはその表面をもう一度確認した。だが、あるのは鑿の跡だけだ。ピエロは楽観的なことを言ったが、無残な破片を集めても、この表面では、刻印を復元できる可能性は万にひとつもなさそうだった。

この家の連中自身に聞いてみるのが一番のようだ、とマンディーノは思った。

＊　　＊　　＊

通常、イタリアの葬儀は家族の一大行事となる。町中に死去を告げるポスターが貼られ、開けられた棺の後ろにむせび泣く葬列が続く。しかし、ハンプトン夫妻はこの町に知り合いがほとんどいなかった。彼らは時々来るだけで年中ここに住んでいるわけではなかったし、滞在中も隣人とふれ合うより家の改修などの雑事に追われていた。

ブロンソンは列席者が自分とマークと司祭の三人になると見込んで、簡素な式の準備をしていた。実際には、マリア・パローモの親族が二十人以上も参列したが、葬儀自体はイタリアの標準と比較して、控えめで短く終わった。三〇分後にはブロンソンとマークは町外れの家に向かってアルファ・ロメオの車中にいた。

二人とも、フィアットの目立たないダークカラーの車がポンティチェッリまで後をつけていたことに気づいていなかった。彼らが教会近くに車を停めたとき、そのフィアットは追越して行ったが、葬儀が済み、ブロンソンが車を走らせ始めると、再び追跡を開始していた。

フィアットの車内では、ドライバーが携帯電話を取り出し、短縮番号を押して、「奴らが向かっています」と告げた。

ポンティチェッリを発ってから、マークは一言も話さなかった。そして、ブロンソンも話したいと思わなかった。二人の男はともにかつて愛した女性の死への悲しみで結ばれていた。ただ、二人の感情は複雑だった。マークがもう戻らない短かった結婚生活の最後の時間を受け入れようとしていた一方、ブロンソンの悲しみには罪の意識が加わっていた。この五年間、彼は親友の妻を愛しながらも嘘をついて生きてきたのだ。

葬儀はマークにとってジャッキーへの最後のさよならだった。そしてその葬儀も終わった今、彼には決断の時が近づいていた。マークたちが老後を送るつもりだったあの屋敷は売りに出されるのだろう、とブロンソンは思った。あの古い家で彼女と一緒に過ごした記憶は、マークにとっては辛すぎて、おそらく長くはいられまい。

ローザ館の近くまで来たとき、ブロンソンは後ろからフィアットのセダンが迫って来ることに気づいた。

「イタリアのくそドライバー」彼はつぶやいた。フィアットは追い抜こうとせず、アルファから一〇メートルほどの間隔を保つようになった。

ブロンソンは門が近づくと、ゆっくりブレーキを踏み、ウィンカーをつけて、中に入って行った。すると、フィアットも同じように侵入し、門で止まり、そこを完全にふさぐ形になった。即座にブロンソンは屋敷の方に顔を向けた。嵌められた。もう、いちかばちかしかない。

屋敷の前には、ランチアのセダンが停まっている。玄関ドアがわずかに開き、その横にはグレーの長方形の箱と砂色の正方形のものが置いてある。ランチアの後ろには二人の男が立ち、近づくアルファをじっと見ている。ひとりは間違いなく右手に拳銃を握っている。

「一体誰なんだ……？」マークが叫んだ。

「しっかりつかまってろ」ブロンソンはそう怒鳴ると、ハンドルを左に切り、アクセルを思い切り踏んだ。車は砂利道から外れ、芝生を突っ切って、庭と道路の間の垣根へと直進して行く。

「どこなんだ？」ブロンソンは叫んだ。

助手席のマークはすぐにブロンソンの考えが分かった。彼ら夫婦がこのローザ館を購入したときには、私道はU字型で門が二つあった。だが、垣根と芝生を延長してもうひとつの門をふさいだのだ。今やそこが唯一の脱出口だった。「もう少し右だ」マークはその方向に指を差して言うと、席にしがみつき目を閉じた。

ブロンソンがハンドルをわずかに動かし、それから一気に加速する。後方では銃声が二発聞こえたが、どちらも命中しない。車は植えられて一年と経っていない垣根へと突っ込んだ。低木をなぎ倒しながら進むと、フロントガラスは緑や茶色の葉に覆われて見えなくなり、サイドウィンドウを枝が叩く。前輪が垣根の根元にある土手にぶつかり、一瞬持ち上がった車体は、すぐにドスンと下に落ちた。

やっと通り抜けた。車は道路脇の草むらを揺れながら進み、ブロンソンはアクセルから足を離して、ブレーキを踏んだ。左右を確認すると、ガタガタと丘を登るトラックがディーゼルの黒煙を吐き出しながら、すぐ近くまで迫って来ていた。トラックの運転手は、目の前の垣根から真っ赤な車が突然出て来た驚きで顔がおかしなほど歪んでいる。

　ブロンソンはアクセルを全力で踏みつけて急発進した。間一髪でトラックの前を通過する。今度はブレーキを踏みしめ、ハンドルを左に切り、車の向きが変わった瞬間に再びアクセルに足を叩きつけた。急なエンジンの回転で、アルファ・ロメオはケツを振ったが、間もなく重低音を響かせ時速一〇〇キロ超のスピードで丘を下りはじめた。

「一体何がどうなってるんだ?」マークが振り返って自分の家を見ながら訊ねた。「あの連中は誰なんだ?」

「あ、い、いつらが誰かは分からない。だが、あ、い、あれらが何かは分かる。正方形のものはダイニングの壁の石だ。グレーの箱は書斎のパソコン一式。連中はリビングの刻印を見るために侵入し、二番目の石を探しに再び入ろうとした奴らだ」

　ブロンソンは下り道を加速しながら、バックミラーに目をやった。二〇〇メートルほど後方で、二台の車が門から姿を現わし、こっちに向かって来る。前の車はさっき門をふさいだフィアットで、後ろはランチアだ。

「どうして——」マークが口を開く。

ブロンソンが遮って言う。「分からない。とにかく今は二台の車に追われているんだ」

メーターをざっと見て、乱暴な運転で何か異常が起きていないか確かめる。すべて大丈夫そうだ。ハンドルも問題ない。強いて言えば、フロントガラスに葉がいくらかついているのが気になるくらいだ。

「連中は何がしたいんだ」

「刻印のことを知りたいんだろ。俺たちが消したことに気づいている。今や俺たちが唯一の手がかりなんだ。見たのは俺たちだけだからな。あの刻印がどんな意味かは分からないが、どうやら俺が思ったよりもずっと重要なものらしい」

ブロンソンはできる限り速度を上げようとした。だが道は狭く曲がりくねっている。舗装もそれほどよくない。後ろの車は見えないが、きっと近くにいるはずだ。ブロンソンは警察の訓練を受け運転技術には自信があったが、この車にも地理にも慣れていなかったし、イギリスと違って車道は右側通行だ。つまり状況は彼に不利だった。

「マーク、手助けしてくれ。俺たちはできるだけ早くここから離れなきゃいけない」ブロンソンは交差点の道路標識を指差した。「どっちに行けばいい？」

マークはフロントガラスの向こうをじっと見たが、瞬時には答えられなかった。

「教えてくれ。どっちの道に行けばいい？」ブロンソンは催促するように言った。

マークは意を決した様子で言った。「左だ。左に行ってくれ。それが高速道路《アウトストラーダ》への近道だ」

しかし、ブロンソンが交差点の真ん中で反対車線の車が三台過ぎるのを待っていると、バックミラーにフィアットが映った。一〇〇メートルほど後方だ。

「クソ」とブロンソンはつぶやき、道路が空いた瞬間に急発進した。

「マーク、所持品の確認だ。俺のノートパソコンとカメラは車の中にあるし、パスポートはポケットに入ってる。おまえは何か忘れたものはあるか?」

マークはジャケットのポケットをまさぐり、財布とパスポートを取り出した。「服と生活用品だけだな。荷造りが終わらなかったんだ」

「それはもう諦めてくれ」ブロンソンは険しい表情で言い、ミラーに何度も視線を送りながら運転を続けた。

「次の道を右だ。そうすれば三、四キロで高速道路になる」マークが指示する。

「了解」

だが交差点に近づき、速度を緩めたにも関わらず、ブロンソンは右折しなかった。

「クリス、右折って言っただろ」

「ああ、しかしまずはあの車をまく必要がある。しっかりつかまってろ」

フィアットが五〇メートルまで近づいたとき、ブロンソンは作戦を開始した。時速三〇キロまで落としてから、ブレーキの足を離し、ハンドルを左に回すと同時にサイドブレーキを引く。タイヤがけたたましい悲鳴を上げ、車体は横向きに回り、反対車線へとすべり込む。完全に逆向きになった瞬間に、サイドブレーキを戻し、アクセルを踏み込んだ。フィアットの横を一気に過ぎ去る。向こうはまだブレーキをかけている最中だ。そして間もなく、やっと追いついてきたランチアもかわした。

「今のは何だよ?」

「Jターンってやつだ。路面にJ字のタイヤ跡が残るからな。警察で教えてもらうことは結構面白いぜ。ただ、今重要なのは、これでちょっとの間は一息つけるということだ」

ブロンソンは絶え間なくミラーを確認したが、高速道路の進入路に近づいてもフィアットとランチアの姿は見えなかった。一瞬、彼は高速道路に入らず、脇道を通って丘を登ろうかとも考えた。そうすればどこか少しの間隠れる場所を見つけられるかもしれない。だが、スピードが一番大事だと思い直し、わずかにアルファの速度を緩めて進入路に入り、三分後に料金所でチケットを受け取った。

「どこに向かうつもりなんだ?」マークが訊ねた。

「イタリア国境を目指す。できる限り連中から遠く離れるんだ。イタリアを脱出するのが早ければ早いほどいいと思う」

マークは力なく首を振った。「俺にはまだ何が起きているのか分からない。連中がパソコンを盗むのは理解できる。もしかしたらあの詩の画像が保存されているかもしれないからな。でも石は何で？　おまえが刻印を完全に消したじゃないか。どうしてあの連中はあえて持って行こうとしたんだろう？」

「何らかの高度な技術で復元するつもりなんだろう。車のシリンダーブロックが磨耗した時にX線で調べたりするだろ。よく分からないが、もしかしたらそれと同じような技術が石にも応用できるのかもしれない。ともかく、俺たちを銃撃した上に、あの石を壁からわざわざ外したということは、連中は何が何でもあの刻印について知りたいらしいな」

第十二章

I

グレゴーリ・マンディーノは内心怒り狂っていた。彼は石とパソコンをランチアに積み込むように命令し、ピエロには自分で運転させて屋敷から離れてもらうことにしていた。そして部下たちと三人で、ハンプトンとその仲間の帰りを待つつもりだった。だがボディーガードからの電話で、ハンプトンたちが既に帰途についたと聞き、計画はすべて変わった。

ボディーガードの策略は見事に決まり、屋敷の門を完全にふさいだ。しかし、ハンプトンの車が取った逃げ道は全くの想定外だった。さらにその後もまんまとまかれた。単に素人が必死に運転した可能性もあるが、おそらくドライバーはプロだろう。マンディーノは確信した。

あの後、彼らもターンして追跡したが、最初の交差点に差し掛かったときには、アルファの姿を見失ってしまっていた。進路は三方向に分かれている。マンディーノはハンプトンたちが高速道路《アウトストラーダ》を使うと考えた。それで自身が乗るランチアを進入路へと入らせたのだが、料金所に近づいても、標的の車は見当たらなかった。こうなるとどの道を行ったか分からない。これ以上追跡しても無駄だ。

マンディーノは自分の失敗を許せない性分だった。そもそも、彼はハンプトンたちが葬儀から二時間は戻って来ないだろうという思い込みのもとに行動した。仲間のアメリカ人がよく言っていた。〈思い込みは失敗の母〉だ。しかし今さら気づいても遅い。

「あの屋敷の中を調べよう。もうひとりの男の身元が分かるものがないか探してくれ。あの二人を見つける手がかりになりそうなものも」

部下たちが命令に従ってその場を離れると、ピエロが彼の近くにやって来た。「私は何をすればいいでしょうか？」

「あちこちぐるっと見回ってくれ。あいつらが見落としているものがあるかもしれない」

「あのイギリス人たちはどこに行ったと考えていますか？」

「まともな考えの持ち主だったら、イギリスに向かうだろう。高速道路に入って、北に向かい、イタリア国境を越える」

「足止めさせられないんですか？　軍警察《カラビニエリ》に取り押さえさせるとか」

マンディーノは首を横に振った。「無論そっちに手を回すことも可能だが、この案件はできる限り秘密裏に進めることになっている。あの二人は我々自身の力で見つけなきゃいけないのさ」

II

マンディーノの予想は的中していた。ブロンソンは高速道路《アウトストラーダ》に入ると、イタリアの北側国境に向かっていた。

「まだ追って来るかな、どう思う?」制限速度の時速一四〇キロで緩やかなカーブを走っているとき、マークが訊ねた。

「あの連中がヘリコプターでも持ってない限りは大丈夫だ」視線を前に向けたまま、ブロンソンは答えた。「高速道路に入る前にフィアットもランチアもまいたから」

「それでどの道を通るつもりなんだ? ナビも使えるけど」

「奴らが道路を封鎖する可能性も考えて、イタリアから出る最短ルートを選ぶ。一番近いのはスイスとの国境だが、あの銀行家の国はEUに加盟してないから、パスポートチェックがあるかもしれない。だからモデナを少し過ぎたところで北に曲がる。そこから直進してベローナとトレントを通過し、オーストリアに入国。さらに走り続けて、インスブルックを通り、ドイツ、ベルギーと進む。このルートを一気に進むんだ。きつい旅になるぞ。止まるとしたらガソリン、食事とコーヒー、あとはトイレくらいだ。これ以上運転できないくらい疲れたら、どこかのホテルを探すことになるが、それも少なくとも国境を二つ越え、ドイツに入ってからの話だ」

III

彼らのヨーロッパ高速縦断旅行は問題なく順調に進んだ。ブロンソンは宣言通り、できる限りスピードを上げ、有料道路をひた走った。イタリアからオーストリア西部を通過し、インスブルックの北を進んでドイツに入った。

ミュンヘンまで来ると、シュツットガルトへと西に進路を変え、それからフランクフルトに向かう。だが、この頃ブロンソンはかなり疲れを感じるようになっていた。彼はモンタバウアーで高速道路《アウトバーン》を降り、北に向かい、ランゲンハーンで小さなホテルを見つけ、すぐに眠りについた。

翌朝、ブロンソンはまず裏道を疾走し、ケルンの南東で高速道路に入った。その後はずっと有料道路を走行してアーヘンの南を通り、ベルギーに入国。それからフランス国境を越えリール付近を通り過ぎた。ここまで来れば、カレー郊外の英仏海峡《ラ・マンシュ》トンネルは目と鼻の先だ。そしてトンネル入り口では、自分の車に乗ったまま英仏海峡の下を短時間で通過する権利のために、マークは相当な金額を支払うことになった。

「これだけは保証するよ、クリス」自動車運搬用列車にアルファを載せようとしているとき、マークが言った。「次にフランスに渡ることがあったら、フェリーにする」

一時間後、ブロンソンはマークをイルフォードの彼のマンションの前に降ろした。それからM25号線を南に走り、マークと別れて七〇分後には自宅のドアを開いていた。

パソコンバッグをリビングに置き、数分かけてUSBメモリに両方の刻印の写真を転送した。ロンドンにわざわざノートパソコンを持って行くのは面倒だったからだ。

ドイツでの朝食から何も口にしておらず、それが一週間前に思われるほど空腹だった。駅に向かう途中コンビニエンスストアで、サンドイッチとジュースを買った。

三〇分後、彼はチャリングクロス駅と大英博物館の方面に行く電車に座っていた。

IV

グレゴーリ・マンディーノは、獲物があの屋敷に戻らないことが分かるとすぐさまローマに戻った。どうにかマーク・ハンプトンのロンドンの職場とイルフォードの住所は突き止められた。だが、もうひとりの男についてはまだ分からなかった。イタリア語を流暢に話すイギリス人で、葬儀場の職員には「クリス・ブロンソン」と名乗っていたらしい。

だが、人の身元を割り出す手段はいくつもある。あの二人がイギリスからローマへ飛行機で来たことは分かっている。そして、コーザ・ノストラはイタリアの官僚機構の隅々までコネクションを持っている。マンディーノはある番号に電話をかけ、いくつか指令を出した。

約三時間後、アントニオ・カルロッティが結果報告の電話をしてきた。

「マンディーノだ」

「一致する奴が見つかりました、カーポ。パスポート検査所の内通者によれば、奴の名はクリストファー・ジェームズ・ブロンソン。タンブリッジ・ウェルスの住所も入手しました」

マンディーノは、ブロンソンの住所と電話番号を紙に鉛筆で書き留めた。

「この、タンブリッジ・ウェルスってのはどこなんだ?」

「ケント州です。ロンドンから南に約五〇キロになります。もうひとつ報告したいことがあるんです。パスポートの照会でこんなに時間がかかったのは、内通者がイギリスの当局に、照会の理由を説明しなきゃいけなかったせいなんです。通常はパスポート照会なんて簡単なものですが、今回に限っては、調べたい理由を伝えるまで、情報提供を拒んだんですよ」

「当局には何て言ったんだ?」

「ブロンソンがローマで起きた交通事故の証人の可能性があると。それでオーケーでした」

「だが、どうして当局は情報提供を渋ったんだろうか?」マンディーノは当然の疑問を口にした。

「あのブロンソンという男が現役の警察官だからです。調べると確かに奴はタンブリッジ・ウェルスにある警察署の巡査部長でした。軍警察《カラビニエリ》と同じで、イギリス警察も身内を守るんでしょう」

しばらくマンディーノは答えることができなかった。意外な展開だ。これがいいニュースなのか悪いニュースなのかも分からない。

「家族は?」彼はやっと口を開いた。

「両親は二人とも死んでいます。子供もいません。そして離婚したばかりです。前妻の名はアンジェラ・ルイス。大英博物館に勤務している女性です」

「そこで何をしてる女なんだ？　秘書でもやってるのか？」

「いえ。陶器の管理員です」

やはり悪いニュースだった、とマンディーノは思った。陶器の管理員が具体的にどんな仕事かは分からないが、そのルイスとかいう女が世界で最も有名な博物館に勤めているということは、すなわち、さまざまな技術を持つ専門家たちにつながっているということになる。

タイムリミットが迫っているのは分かっていた。すぐにロンドンに向かわないと事態を収拾できないだろう。彼はアンジェラ・ルイスのロンドンの住所と電話番号を聞き、ひとまず電話を切った。また、ネット監視システムの構文検査プログラムにも検索条件に新たなものを付け加えるという変更を指示しておいた。

彼が導入していた監視システムは広範囲に網をかけるだけに多額の費用がかかる代物だった。だが、バチカンが勘定を持ってくれるんだから、費用なんてどうでもいい。それはナルスインサイト傍受プログラム、通称ＮＩＳという製品が元になっていた。マンディーノたちはそれを各地のサーバーに無断でインストールされ、コンピュータウイルス、正確に言えば、トロイの木馬のように働くように改造していた。この改造版ＮＩＳは実行されると、ネットワーク全体を監視し、ネットの検索ワードや個人のメールまで特定のものを探知する仕組みだった。

マンディーノは、これでブロンソンがいつネットに接続して、何を検索しようとも、すべて把握できる、と確信していた。

第十三章

I

ブロンソンはノキアの携帯電話を取り出し、アンジェラの仕事場に電話をかけた。タンブリッジ・ウェルスからロンドンまでは、すぐに着いたし快適だった。車内は空いていて二席分使えるほどだったからリラックスできた。

「アンジェラ?」

「はい」彼女の返事は短く素っ気なかった。

「クリスだ」

「知ってるわ。何の用?」

「今博物館の近くに来てるんだよ。例の刻印の写真を持って来たから君に見てほしくて」

「私、その話には興味ないのよ。あなたも分かってると思ってたけど」

ブロンソンはやや当てが外れた形になった。もちろんアンジェラが両手を広げて受け入れてくれると思っていたわけではない。最後に二人が会ったのは事務弁護士のオフィスだったし、離婚の手続きは控えめに言っても冷ややかなものだった。だが、少なくとも会ってはくれると期待していた。

「いや、俺が思っていたのは……まあいい。ジェレミー・ゴールドマンはどうなんだ？　彼と話したいんだが」

「彼はたぶん大丈夫よ。今度からここに来るときは彼に直接会いに行った方がいいわね」

五分後、ブロンソンは、ジェレミー・ゴールドマンのデスクトップパソコン前部にあるUSBポートに、自分のメモリーを差し込んでいた。大英博物館のゴールドマンの部屋は広かったが、かなりの散らかりようだ。この古代語の専門家は背が高く、棒のように痩せていて、そばかすのある青白い顔にやけに大きな丸眼鏡をかけている。彼の顔の輪郭からすると眼鏡はそれほど合ってないな、とブロンソンは思った。服はジーンズにシャツのカジュアルな格好で、死語の研究におけるイギリスの泰斗《たいと》というより反抗的な学生に見えた。

「刻印の石の写真は両方ともこのメモリーの中に入っている。どっちから先に見ようか？」

「僕たちにラテン語の言葉が刻まれた写真を二枚送ってくれたじゃないですか。あれをもう一度見たいんです。あとは同じものを撮った別の写真も」

ブロンソンは頷き、マウスをクリックした。最初の画像が二一インチのフラットパネルモニターに現われる。

「予想通りだ」三枚目の写真で、ゴールドマンがつぶやいた。彼の指は刻印の言葉を辿っている。「本体の刻印の下に別の文字がある」

彼は振り向いてブロンソンの顔を見た。「前に送ってもらったクローズアップの写真は十分に鮮明だったんですが、フラッシュが石に反射していたせいで、僕が見つけたこの跡が単なる鑿の跡なのか、または刻印の一部なのか判別がつかなかったんですよ」

ブロンソンは画面に目をやり、ゴールドマンが指し示す先を見た。三つのラテン語の単語の下に、かなり小さな文字列が二つの組になっている。以前には気づかなかった。

「見えるけど、この文字はどういう意味なんだ?」

「ええと、この本体の刻印自体は紀元一世紀か二世紀のものだと考えられます。文字の形から見てそう判断します。他言語のアルファベット書体と同じく、ラテン語の文字も長い年月のうちに形を変えていったんです。この書体は僕には古典期の一世紀の文書のものに見えます」

ゴールドマンは続けた。「その年代をさらに絞り込むのに、この二組の小さな文字列が役に立つんです。この《PO LDA》の《PO》は、《～の命令により》という意味のラテン語

《per ordo》を省略したものです。これはローマ人が使っていた略記法で、それぞれの事業についてどの高官が実施したのかを示しています。ですが、石板の刻印の一部として見つかるのは珍しい。普通は羊皮紙の文書の終わりにあることが多い。典型的なのは、事業の説明が続き、その後で日付、《PO》、最後にその事業の執行を命じた元老院議員か誰かの名前まではイニシャルが書かれるものです。つまり、《LDA》が誰か分かれば、この石板の時代をもっと正確に特定できるわけです」

「その《LDA》に何か心当たりは？」

ゴールドマンは歯をむき出しにして笑いかけた。「残念ながら全く。そう容易なことではないでしょう。二千年前に生きていた人間をそのイニシャルのみから特定することがそもそも難しいのはもちろんですが、古代ローマ人は自分の名前を変える習慣があったんですね。例を挙げてみましょう。誰でもユリウス・カエサルの名は聞いたことがあるはずです。しかし、このことを知っている人はごくわずかでしょうが、彼のフルネームはインペラトル・ガイウス・ユリウス・カエサル・ディウウスであり、通常はガイウス・ユリウス・カエサルと呼ばれていました。したがって、カエサルのイニシャルにしても、《JC》、《GJC》、さらには《IGJCD》となるのです」

「言いたいことは分かったが、つまり《LDA》はどんな奴でもありうるということか？」

「いや、どんな奴でもというわけでは。この石に文字を彫らせた人は地位がかなり高いはずです。となると、元老院議員や執政官のような人々の中から探せばいい。範囲はかなり絞れますね。それに、そのイニシャルに当てはまるのが誰であっても、まず間違いなく、何らかの形で歴史上の記録に残っているでしょう」

ブロンソンは再び画面を見た。「そして、ここには《MAM》というもうひとつの文字列がある。これは何を表わしているんだ？ また別の略語なのか？」

ゴールドマンは首を横に振った。「略語だとしても、僕が知らない言葉です。いや、僕はこっちの文字列は単に石を彫った人のイニシャルじゃないかと考えているんです。つまり石工自身の。そうすると、こっちの特定はまず無理でしょうね！」

「よし、最初の刻印の方はかなり検討が済んだな」ブロンソンが言った。「君が、この石は半分に切られた可能性があるとメールしてきたから、俺たちはもう半分を探して家中を見て回ったんだ。それ自体は見つからなかったんだが、同じ壁の反対側にあたるダイニング・ルームで、最初の石の真後ろに、この石を見つけた」

ブロンソンはややもったいぶった様子でUSBメモリーに入った画像のひとつをダブルクリックし、画面上で拡大されると、椅子に背をもたせかけた。

「ああ、これはずっと興味深いですね。そしてずっと後の時代のものでしょう。さっきの刻印のラテン語は大文字で刻まれていました。一世紀から二世紀におけるローマの碑文によくあることです。しかし、この二番目のは筆記体ですね。もっとエレガントで美しい」

「俺たちはこれがオック語なんじゃないかと考えた」

ゴールドマンは頷いた。「ご名答。これはオック語です。しかも中世のものだと考えていいでしょう。オック語が分かるんですか?」

「全く知らない。いくつかの単語をネットで検索してみたんだ。それで結果が出てきた単語はオック語だと分かった。だが、この単語だけは」とブロンソンは画面を指差した。「これだけはラテン語のようだ」

「ああ、《calix》。すなわちラテン語で《聖杯》ですね。この点は考えなくてはなりません。しかし全体的に中世オック語が使われているのは興味深いですね。ということは、この刻印は十三世紀から十四世紀のものになります。ただ、あなたがこの石を見つけたと思われるイタリアのローマのあたりでは、オック語は通常使われる言語ではありませんでした。この石を彫った人間はおそらくフランス南西部、ラングドック地方からローマまで移動してきたことが示唆されます。ラングドックとは《language of OC》、すなわち《オック語》という意味ですからね」

「それでこの刻印はどういう意味なんだろうか?」

「うーん、僕の見る限り、標準的なオック語の文書ではないですね。今まで見たことのある祈禱文や詩とは違うということです。それに《calix》という単語も謎です。どうしてオック語の詩にラテン語が入れられているんだろう?」

「君もこれが詩だと思うか?」

「文字の配置からするとそう考えられます」ゴールドマンはここで一息つき、眼鏡を外して、思いにふけるような顔でレンズを拭いた。

「何だったらこの詩を現代英語に翻訳しますよ。ただ、完全に正確な翻訳までは保証できません。コーヒーでも飲みに行くか、博物館を見てきてください。三〇分後くらいに戻って来れば、翻訳はできていると思います」

ゴールドマンの部屋から出ると、ブロンソンは期待に満ちた目で周りを見渡した。彼は博物館にいる間にアンジェラにばったり会えるのではないかと思っていた。さっき拒否されたことに落胆していたのだった。

グレートラッセル通りから脇道へと歩いて行った。そしてカフェに入り、カプチーノを頼んだ。一口飲んだだけで、イタリアの本物に比べてイギリスのコーヒーのひどさを思い知り、おかげでイタリアのことを思い出してしまった。当然、ジャッキーのことも。

椅子に座って、苦いだけの飲み物を口にしながら、ブロンソンはこの数年のことを思い出していた。ジャッキーとマークはあの屋敷の購入手続きが完了したとき、どんなに喜んでいたか。彼らは契約を行なえるほどイタリア語ができなかったから、ブロンソンは一緒にイタリアに行き、地元のホテルに泊まったのだった。

あの時のことが鮮明な映像となって胸に浮かぶ。ついにローザ館の鍵を手にしたその日、明るい赤と白のサンドレスを着たジャッキーは芝生の上を踊り回り、玄関の横に立つマークは満面の笑みでそれを眺めていた。

「ここにしばらく残りなさいよ、クリス」彼女は春の日差しの中で笑いかけた。「部屋はたくさんあるわ。好きなだけ居ていいわよ」

ブロンソンはそうしなかった。仕事が忙しいと言い訳し、その翌日の午後にロンドンへと戻った。ジャッキーたちとイタリアで過ごした二日間は、ブロンソンの感情を再び燃え上がらせたのだ。もう乗り越えたと思っていた。そしてこの感情がマークとアンジェラ、二人への裏切りに他ならないこともよく分かっていた。

ブロンソンは首を振り、回想を止めた。残りのコーヒーを飲み干し、泥水を飲んだかのように顔をしかめた。それから椅子にもたれかかり、突然暗い気分に浸された。俺の人生はこの先何があるんだろうか。

永遠に悲しむことになるだろうが、ジャッキーはもうあの世に行ってしまった。マークは精神的に打ちひしがれているが、強い奴だからいずれ立ち直るだろう。アンジェラは会って話してもくれない。自分は失業するかもしれない。そして、いまだに見当がつかない理由で、古い灰色の刻印をめぐり、イタリアの殺し屋集団といざこざを起こした。中年の危機に見舞われ、多くのことを経験しすぎてしまった。もう若くはないにしても、まだそれほどの年でもないのに。

＊　＊　＊

四十五分後、彼はゴールドマンの部屋に戻った。ブロンソンは最初に見つかった石の失われた部分の内容、あるいは手がかりとなるものだろうと期待していたから、少しがっかりした。ゴールドマンに渡された詩は、とりとめのないたわ言にしか見えなかったからだ。

GB•PS•DDDBE

安全な山からまさに真実が下りてきた
善きものを除くすべてに打ち捨てられて

浄化の炎が鎮めるのは肉体のみ
純粋な精神は薪の上を高く舞い上がる
石のような真実は永遠に残るからだ
ここにオークとニレの木が痕跡を見出す
下にあるものは上にあるものの如く
言葉は完全なものとなった
聖杯の中では一切が無で
見るのが恐ろしい

「ジェレミー、これは本当に正確なのか？」

「ええ、オック語の詩のかなり忠実な翻訳ですよ」ゴールドマンは答えた。「問題は原文に象徴が多く用いられているようで、そういう象徴は現代では意味が正しく把握できるか分かりません。たとえこの詩の作者の意図が正確に分かっていたとしても、僕たちには意味がつかめない言葉もあるでしょうね。例えば、《下にあるものは上にあるものの如く》の句のようにカタリ派を示唆するものがありますが、これにしてもカタリ派のことを詳しく知らなければ、完全に理解することはできないでしょう」

「しかし、カタリ派はイタリアではなくフランスで広まった。そうだったよな？」

ゴールドマンは頷いた。「はい。ですが、アルビジョワ十字軍の後に、生き残った信者には北イタリアに逃れた人々がいたと知られています。おそらくこの詩はその信者のひとりが書いたのでしょう。それならオック語が使われていることも納得できます。しかし、この詩が実際に何を意味しているかについては、残念ながらお手上げです。誰かカタリ派の信者を見つけて訊ねたいと思われるかもしれませんが、カタリ派は十字軍がすっかり撲滅してしまいました」

「この《GB PS DDDBE》という題名はどうなんだ？　何かの暗号か？」

「それは疑問ですね。十四世紀の人が見たらすぐ分かるような何かの表現だったのではないかと思います」

その返答にブロンソンが困惑した顔をしたので、ゴールドマンはさらに説明した。

「つまり、現代にしても、百年前の人あるいは遠い未来の人には全く意味が分からないような略語がたくさん使われています。例えば、《PC》は《パーソナル・コンピュータ》あるいは《ポリティカル・コレクトネス》、《TMI》は《too much information》で《余計なおしゃべり》。確かにこうした略語の多くはスラングですが、《RIP》が《rest in peace》で《安らかに眠れ》という意味だと知らない人はいないでしょう。そして、《RIP》のような言葉が石に刻まれているのはよく見るものです。おそらくこの詩の題名も十四世紀の人々にとっては略語のようなもので、説明しなくても分かるものだったのではないかと考えられます」

ブロンソンは手に持っている紙をもう一度見た。翻訳してもらうことで答えが見つかると思っていたが、逆に新たな疑問が次々と生まれてしまった。

II

その日の夜早く、ローガンはマーク・ハンプトンのイルフォードのマンションから百メートルほどの場所にレンタカーを停めた。ヒースロー空港に降り立ってからわずか五時間後のことだった。

「ハンプトンがここにいるのは確かなんだな?」マンディーノが訊ねた。

ローガンは頷いた。「誰かいることは確かです。間違い電話のふりで一回、電話セールスを装って二回、計三回電話をかけましたが、すべて受話器を取りました。三回とも電話に出たのはひとりの男です。マーク・ハンプトンだと考えるのが自然でしょうね」

「十分だ」マンディーノはそう言うと、足元に置いたプラスチック製のキャリーバッグをつかんだ。そしてフォードのセダンの助手席ドアを開け、ローガンを横に連れて、通りを真っ直ぐ進んで行った。

時間が重要だ。時間が経てば経つほど、ハンプトンやブロンソンが刻印の意味を明らかにしようとして、多くの人がその写真を目にすることになる。

少し歩くとマンションに着いた。入り口ドアの前で周りを見渡してからゴム手袋をはめ、インターホンのボタンを押す。数秒後、乾いた音の後に通話口から男の声がした。

「はい」

「マーク・ハンプトンさんですか？」

「そうですが、どなたですか？」

「ロンドン警視庁のロバーツ警部補です。イタリアでの奥様のご不幸について、少し伺いたいことがあるのです」

「身分を証明するものはありますか？」

マンディーノは一瞬沈黙した。確かに身分証明書を確認するのが普通だろう。

「このインターホンはカメラがついていませんよね。身分証明書を見せられないので、代わりに証明書番号をお伝えします。それをイルフォード警察署か、スコットランドヤードに確認してください。番号は746284です」

この番号がロンドン警視庁に存在しているかさえ分からない。マンディーノは、確認しない方に賭けたのだ。ハンプトンがわざわざ調べるかどうかにすべてがかかっていた。

「伺いたいことというのは？」

「単に手続き上のことです。数分で終わります」

「分かりました」

ブザーの音がして、マンションの玄関ドアの電子錠がカチリと開いた。もう一度通りを見渡し、マンディーノとローガンは中に入った。エレベーターに直行し、目的階のボタンを押す。

エレベーターを降り、部屋の番号を確認してから通路を大股で歩いて行く。部屋の前に着くと、マンディーノがノックし、そして一歩横にずれた。

開いた瞬間に、ローガンがドアを強く蹴りつける。マークはドアにぶつかって、細い廊下の床に倒れ込んだ。ローガンは素早く部屋に侵入して、かがみ込み、マークの側頭部を棒で殴った。その一撃でマークは意識を失った。これで数分は動けないだろう。それだけあれば足りる。

「そこだ」マンディーノはリビングの肘掛け椅子を指差して言った。「あれに縛りつけろ」

ローガンはその椅子を部屋の真ん中に置いた。二人でマークを引きずり、椅子に座らせる。マークの体が前に倒れるので、マンディーノが肩を押さえ姿勢を直し、その間にローガンが作業した。キャリーバッグからロープを出し、マークの胸のあたりで二周巻きつけ、椅子の後ろで結ぶ。これでマークの上体が真っ直ぐに固定された。次にローガンは結束バンドを取り出し、両手首をそれぞれ縛り、ペンチできつく締めた。同じ要領で前腕や肘も縛り、足首も椅子の脚に結びつける。三分とかからずに、マークの体は身動きがとれなくなった。

「部屋の中を調べろ。刻印の写しを持ち帰っていないか探すんだ」マンディーノは命令した。

ローガンが探し始めると、マンディーノはキッチンに入り、自分でインスタントコーヒーを作った。いつも飲んでいるイタリアのラテには到底及ばないが、何もないよりはいい。空港でフライト前に缶のオレンジジュースを飲んで以来、何も口にしていなかったのだ。

「何も見つかりません」ローガンが報告すると、マンディーノはリビングに戻った。

「分かった。じゃあ、こいつを起こせ」

ローガンはマークのそばに寄ると、頭を持ち上げ、無理矢理まぶたを開けた。捕らわれのマークは目を覚まし、意識を取り戻した。

マークが正気づくと、身なりのいい、がっしりした体格の男が向かいの安楽椅子に座っていた。男はマークのマグカップで何か温かいものを飲んでいる。

「おまえは一体誰だ?」マークはかすれて聞き取りにくい声で訊ねた。「それに俺のマンションで何をやってる?」

マンディーノはわずかに微笑んだ。「すまないが、質問があるのは私の方なんだ。我々は君がイタリアの家で見つけた二つの刻印の石について知っている。そして、君と友達のクリストファー・ブロンソンが、ダイニングの方の刻印を消し去ることに決めたのも知っている。

さあ、君が見たものについて話すんだ」

「おまえらがジャッキーを殺したクソ野郎どもか？」

マンディーノの顔から笑みが消えた。「質問するのは私の方だと言ったはずだがな。言っても分からないなら仕方ない」

ローガンがペンチを手に近づいてくる。腕を伸ばし、マークの左手小指の先をペンチではさみ、ゆっくり握りしめた。ポキンという骨の折れる音がマンディーノとローガンの二人の耳にも届いた。それからすぐにマークのうめき声が部屋に響いた。

「防音がしっかりしてるといいんだが。ご近所さんには迷惑をかけたくないんでね」そして、マンディーノは、マークのうめき声より大きな声を張り上げてさらに続けた。「ほら、私の質問に早く正直に答えるだけでいいんだ。そうすればちゃんと手当をしてやろう。逆に我々が知りたいことを話してくれない場合には、残りの指がどうなることだろうな」

ローガンがマークの顔の前でペンチを振る。

マークは不信の目でマンディーノを凝視した。視界は痛みで赤くかすみ、涙でぼやけている。

「さてと」マンディーノは快活に言った。「始めようか。君たちは二番目の刻印の石に何を見つけたんだ？　嘘をつこうなんて思うなよ。ブロンソンが発見したとき、ここにいる私の仲間が窓から見てるんだ」

「詩だ。詩のように見えた。二節の詩だ」マークはあえぎながら言った。

「ラテン語か？」

「違う。俺たちはオック語という言葉だと思った」

「君たちはそれを訳したのか？」

マークは首を横に振った。「いや。クリスがやってみたが、ネットで見つけたいくつかの単語を訳せただけだった。だから俺たちにはあの詩の内容は分からない」

「どうにか訳せた単語というのは何だ？」

「木についての単語が二つだけ。確かオークとニレだ。あとラテン語の単語もひとつあった。盃だか聖杯だか何かの単語。俺たちが訳せたのはそれだけだ」

「それは本当に確かか？」マンディーノは顔を近づけて訊ねた。

「本当だ。俺は――」マークが叫び声を上げた。ローガンが折れた指をペンチで強く叩いたのだ。指は既にひどく腫れ、出血している。

マンディーノは少しの間待ってから、今度は友好的な調子で話を続けた。「私は君を信じたいと思う。それで刻印はどこにあるんだ？　ブロンソンが消し去る前に、君たちは何らかの形で記録を取ったと思っているんだが」

「そうだ。クリスが写真を撮った」むせび泣きながらマークが言った。

「で、彼はそれをどうしたんだ？」

「あいつの前の奥さんを通じて、大英博物館のジェレミー・ゴールドマンという男と連絡を取った。クリスがその男に見せて翻訳させるために写真を持って行くことになっている」

「いつだ？」マンディーノは優しく訊ねた。

「分からない。俺たちは今日イタリアから戻ったんだ。あいつはこの二日間丸々、車を運転していたから、たぶん明日行くんだろう。だが俺には分からない」最後は慌てて言い足した。

ローガンが脅すようにペンチを持ち上げていたからだ。

マンディーノがなだめるように手を上げる。「それで君もその写真のコピーを持っているのか？」

「いや、そんなわけはない。あれに興味があるのはクリスだ。俺は違う。俺が望むのは妻が戻って来ることだけだ」

「ブロンソンが持っているもの以外に写真はないんだな？」

「ない。今言った通りだ」

そろそろ終わりだ。マンディーノはローガンに頷いた。ローガンはマークの後ろに行き、粘着テープを手に取ると、五センチあまりの長さにちぎり、マークの口に乱暴に張りつけた。

簡単なさるぐつわだ。そして、ロープを六十センチほどに切り、両端を結んで輪の形にした。

マークは恐怖に満ちた目でローガンを見つめた。

ローガンはロープの輪をマークの頭に通すと、キッチンへ向かい、すぐに延し棒を手に戻って来た。そしてマークの真後ろに立ち、指示を待った。

「君も君の友人の警官も、自分たちがどんなことに首を突っ込んだのか分かってないらしい」マンディーノは言った。「私の指示は明快だ。あの二つの刻印について知っている者がいるのは危険だから、生かしておくわけにはいかない。たとえ君のようにあまり詳しくなくてもな」

彼はローガンに頷いた。ローガンは延し棒をロープの輪に通し、ねじり、単純ながらも確実に使える絞殺具を作った。すぐさまマークは逃れようと必死にもがく。

ロープでマークの首回りを締めつけると、ローガンは動きを止め、最後の合図を待った。

マンディーノはもう一度頷き、マークの顔を見た。首が絞められていくたびに、一層激しくもがき、顔はますます紅潮していく。

ローガンは延し棒にずっと力を入れたままで思わず声をもらしたが、さらにきつく絞り、終わりが来るのを待った。

マークは急にガクンと体を引きつらせ、次の瞬間、ロープに身をあずけて前にダランと崩れた。ローガンはそのまま力を抜かず、一分経ってやっとロープを緩め、マークの首の脈拍を測った。反応はない。

マンディーノはコーヒーを飲み終えると、立ち上がり、カップをキッチンに運んで、入念に洗った。自分やローガンをこの殺人と結びつけるものは何もないし、部屋にDNAを残すことを恐れているわけではない。しかし、昔の癖がなかなか消えなかった。

リビングに戻ると、既にローガンが死体を椅子から外し、部屋の端へ寄せていた。それから彼らは部屋を散らかし、激しい乱闘が行なわれた後のように見せかけた。最後にマンディーノは革張りの手帳を取り出し、開いて、何枚かのページを破き、マークの指の血をすりつけ、死体のそばに置いた。手帳の表紙には《クリス・ブロンソン》と書いてあった。マンディーノの部下がローザ館で捜索した際に見つけたものだ。

彼らはマークの部屋の中を最後にもう一度調べた。そして、ローガンが玄関ドアを開け、通路に人がいないか確認した。彼がマンディーノに頷くと、二人は外に出てドアを閉め、エレベーターに向かった。

建物から出た後、彼らはレンタカーを駐車した場所まで堂々とゆったり歩いた。ローガンがエンジンをかけ、車を走らせ始める。その道を先に進むと、マンディーノが公衆電話を指差した。

「あれでいい。横に停めてくれ」

マンディーノは車から出て、公衆電話に近づき、まだ手袋をしていることを確認した。そして受話器を手に取り、《999》をダイヤルした。電話はすぐにつながった。

「緊急電話番号です。どの部門におかけですか？」

「警察」マンディーノは答えた。早口でパニックしている様子が伝わるようにした。

「ひどい喧嘩があったんだ」警官が電話に出るやいなや言い、マークの住所を告げ、自分の身元について訊ねられた途端に、電話を切った。

「この道を戻るんだ。そしてあのマンションに近いところに横道があるから、そこで曲がってくれ」

ローガンはマンディーノが決めた場所に表通りの方を向けて駐車した。マークのマンションがちゃんと見える位置だ。

「次はどうしますか？」

「次は待つんだ」マンディーノは答えた。

二〇分後、はっきりとサイレンの音が聞こえた。パトカーが表通りを走り抜け、マークのマンションの区画で音を立てて急停車するのが見えた。二人の警官がマンションに向かって走って行く。

「もう行きますか?」

「まだだ」

さらに十五分後、さらに三台のパトカーのけたたましいサイレンが町を切り裂いた。マンディーノは満足気に頷いた。まだブロンソンの姿は見えない。だが、間違いなくイギリス警察がすみやかに彼を追い詰めるだろう。証拠を集め、マーク・ハンプトン殺害の容疑で逮捕する。

殺人容疑者になってしまっては、古オック語の刻印を解読する余裕などなくなるはずだ。ロンドン警視庁にはマンディーノの組織が深いコネクションを持っている。ブロンソンが留置される場所、そしてもっと大事なことだが、奴が釈放される日時と場所も分かるだろう。

「行っていいぞ」マンディーノは告げた。

III

ブロンソンは玄関の鍵を開け、自宅に入った。チャリングクロス駅から急行列車に乗ったので、思ったよりもかなり早く家に着いた。キッチンに行き、ケトルの電源を入れ、テーブルの椅子に座って刻印の翻訳をもう一度読んだ。やはり意味が全く分からない。

時計に目をやり、マークに電話しようと思った。オック語の翻訳について教え、食事に誘う。きっと精神的に辛いはずだ。妻の葬儀が終わり、最初にイギリスで過ごす夜に決してひとりじゃないことが分かれば、少しは気が落ち着くだろう。

家の電話からマークの携帯電話にかけた。電源が入っていないようだ。それでマンションの方の電話にかけ直した。耳元で六回ほど鳴った後、人の声がした。

「はい」

「マークか？」

「どなたさまですか？」

何かおかしい、ブロンソンはすぐに感じた。

「どなたですか？」その声はもう一度訊ねた。

「私はマーク・ハンプトンさんの友人です。彼と話したいのですが」

「遺憾ではありますが、それはできかねます。事故があったのです」

妙にかしこまった口調に、ブロンソンは受話器の向こうが警官だと気づいた。

「私はクリス・ブロンソンです。ケント州警察の巡査部長。一体何が起きたのか教えてもらえませんか?」

「今、《ブロンソン》とおっしゃいましたか?」

「はい」

「少々お待ちください」

少し間を置いて、別の男が電話に出た。

「巡査部長、誠に残念なことをお伝えしなくてはなりません。ハンプトン氏は亡くなりました」

「亡くなったって。そんなはずはありません。つい数時間前まで一緒にいたんです」

「状況の詳細を電話でお伝えするわけには参りませんが、我々はこの件を不審死として扱っております。故人のご友人ということですね。イルフォードに来て、我々の手助けをしていただくことはできますか?　我々が状況を把握する上で、貴方のお力をいただきたいことがいくつかあるのです」

ブロンソンはショックを受けていたが、頭ははっきり働いていた。不審死の現場にやって来てほしいなどと別の署の警官に依頼するのは、とてもじゃないが通常のやり方ではない。

「どういうことですか?」ブロンソンは訊ねた。

「我々は故人の最後の行動を整理したいと考えています。その点を貴方にご助力いただきたい。貴方がハンプトン氏と知り合いなのは存じております。こちらのマンションに貴方のシステム手帳があったからです。イタリアからともに帰国したことも我々は把握しております。通常の勤務とは異なることは承知しておりますが、貴方に来ていただければ大変に助かります」

「はい、もちろん行きますよ。自宅でしなきゃいけないことがいくつかありますが、九〇分以内には着きます。遅くとも二時間以内には」

「ありがとうございます、ブロンソン巡査部長。心から感謝申し上げます」

受話器を一度置き、すぐさまブロンソンは別の番号に電話をかけた。ずっと待ち続けて、やっと相手が電話に出た。

「クリス、何のつもり?　もう電話しないでほしいと言ったはずだけど」

「アンジェラ、切らないでくれ。頼むから、ただ聞いてほしい。途中で質問をしないで、とにかく話を聞いてくれ。マークが死んだ。おそらく他殺だ」

「マークが？　そんな……一体どうして――」

「アンジェラ。お願いだから話を聞いて、俺の言うことに従ってくれ。君が怒っていることも俺と関わりを持ちたくないことも知ってる。だが、今君の身は危険に晒されているんだ。マンションからすぐに出る必要がある。バッグに三日か四日過ごせる程度の最低限の荷物を用意してくれ。ただ、パスポートと運転免許証は忘れるなよ。昔会う時に使ったシェパーズ・ブッシュのカフェで待っていてほしい。店の名前は言うな。この電話も盗聴されているかもしれない」

「分かった。でも――」

「質問はなしだ。会った時に説明する。今はとにかく俺を信用して、俺が言うことをやるんだ。分かったか？　そうだ、携帯電話の電源はずっと入れたままにしておくこと」

「私……私にはまだ信じられないのよ。かわいそうなマーク。でも誰が殺したか知ってるの？」

「心当たりはある。だが、警察は全く別の人物に目星をつけているようだ」

「目星ってそれは誰？」

「俺だ」

第十四章

I

ローマの渋滞には慣れているマンディーノだったが、それでもロンドンの車の多さにはさすがに驚いた。車の流れが糖蜜のようにゆっくりしていて、信号が変わり走り出しても、すぐに次の赤信号に捕まってしまう。

イルフォードの例のマンションから、イーリングにあるアンジェラ・ルイスのマンションまでは、せいぜい二十五キロしかない。高速道路だったら十五分ほどで着く距離だ。だが今、既に一時間以上が経過していた。ローガンは、渋滞とこのクラーケンウェル・ロードを案内したカーナビに小さく毒づきながら、ゆっくり車を進ませていた。

「だんだんグレイズ・イン・ロードに近づいてるな」マンディーノは十五分前に買った大判のロンドン地図を見ながら言った。渋滞で車が全く進まないときに、売店に寄ったのだ。

「交差点に入ったら、この役立たずナビの指示を無視して、曲がれそうだったら右に曲がってくれ」

「右ですか？」

「そうだ。そうすればキングズクロス駅に着く。そこで左に曲がってユーストン・ロードに入る。ユーストン・ロードは直進すると自動車専用道路になる。回り道だが、今の道にいるより早いはずだ」マンディーノは周囲の動かない車の列を示しながら言った。

わずか一〇分後には、ユーストン・ロードからA40ロードに入り、ローガンは五〇キロまでフォード・セダンの速度を上げた。

「これ以上渋滞に捕まらなければ、ルイスという女のマンションには二〇分以内に着くはずだ」マンディーノは地図で距離を測りながら言った。


北イーリングにあるマンションの一室で、アンジェラは電話を切り、リビングにじっと立って迷っていた。クリスに聞いた話は怖い。でも、言われたことを無視して、玄関をしっかり閉め、ただ家の中でじっとしている方がいいのかもしれない。

クリスは正しいことを言った。確かにまだ彼に対しての怒りは残っている。離婚の責任はすべて彼にある。彼が親友の妻をずっと好きだったのがいけないのだ。クリスがジャッキーへの思いを語ったことはない。そもそも彼は自分の感情をあまり語りたがらない。でも、ジャッキーを見たときの反応で、すべてが分かる。顔がぱっと明るくなるからだ。悲しい現実だが、二人の結婚にはいつも三人目の登場人物がいた。

そしてマークが死んだ！　ジャッキーがイタリアで亡くなってすぐに、こんなショックなことが起きるなんて、とてもじゃないけど信じられない。わずか数日間のうちに、何年間も仲良くしていた二人が死んだのだ。

涙があふれそうになったが、アンジェラは苛立たしげに首を振った。泣き崩れている暇はない。今はやらなきゃいけないことがある。クリスには色んな欠点があって、それは短い結婚の中でもひとつひとつ数え上げられるほどだ。実際に数え上げたこともある。でも少なくとも妄想に陥るような人間ではなかった。そのクリスが私の命が危ないと言うんだったら、それを信じよう。

彼女は急いで寝室に行き、ベッドの下からお気に入りのバッグを取り出した。何年か前にパリの露店で買ったグッチのレプリカ。それにまず服や化粧品を詰め込み、次に小さなバッグを手に取り、好きな靴を何足かつかんだ。携帯電話がハンドバッグに入っていることを確認し、充電器をベッド横にあるいつものコンセントから抜いて旅行かばんにしまった。そしてクローゼットからコートをひとつ選んだ。

アンジェラは最後に必要なものを揃えたか確認し、かばんをすべて手に持った。玄関の鍵を締め、三階から一階まで階段を下りる。

キャッスルバー・ロードをわずか百メートルほど歩いたところで、北方向に走っている黒いタクシーを見つけた。手を振り、口笛を鳴らす。タクシーは鋭くUターンし、ぴったり彼女の横に停まった。

「やあ、どこまで?」運転手が訊ねた。

「シェファーズ・ブッシュ。ブッシュ劇場のすぐ近くにお願い」

タクシーがアックスブリッジ・ロードに向かって、キャッスルバー・ロードで加速したところ、一台のフォード・セダンがウエスタン・アベニューからアーガイル・ロードに入り、アンジェラ・ルイスのマンションの前に車を停めた。

II

ブロンソンは受話器を置くと、階段を駆け上がった。クローゼットから旅行用かばんを取り出し、タンスとクローゼットにある洗濯済みの服をつかみ、かばんの中に詰め込む。そして、ベッド脇のサイドテーブルにあるものを置いたことを確かめて、階段を下りた。

リビングにあったパソコン・バッグも持ち、メモリースティックがジャケットのポケットに入っていることを確認する。キッチンのテーブルからジェレミー・ゴールドマンの刻印の翻訳をつかみ取り、これもポケットに突っ込んだ。最後にリビングの机の鍵が掛かった引き出しを開け、そこにあるすべての現金とイタリアで入手したブローニング銃を取り出した。銃は念のためパソコン・バッグに入れる。

準備をしている間もずっと、窓の外にマークを殺した連中や警察が来ないか警戒していた。ロンドン警視庁は今やブロンソンがケント州警察の現役警官であることを知っている。ちょっと電話をすれば、彼の住所も把握できる。マークのマンションでの立ち会いを同意したことで向こうの疑いが和らいだ可能性もあるかもしれないが、つまらないバクチを打つつもりはなかった。

アンジェラに電話をしてから四分と経たずに、彼は玄関ドアを閉め、ミニ・クーパーの駐車場所へと駆け足で向かった。バッグをすべてトランクに入れ、発進すると、ロンドンへと北に向かう。

家から二百メートルほど離れたところで、前方からサイレンの音が聞こえてきたので、左折できる場所ですぐさま左に曲がる。しばらく道なりに行き、もう一度左折、それからさらに左折し、車の向きは最初の道へと向かう形になった。見ると、前にある交差点を二台のパトカーが飛ばして過ぎて行く。間一髪で家から抜け出したんだと彼は思った。

一時間後、ブロンソンはシェファーズ・ブッシュ・ロードから少し入った通りに停車し、カフェまで少し歩いた。アンジェラは窓から離れた奥の方のテーブルに座っていた。

ブロンソンは、カフェに並んだテーブルの間を縫うようにしてアンジェラに近づきながら、彼女がどう感じているか不安になりつつも、ともかく無事を確認して安堵した。そして、彼女を眺めるときにはいつもそうだったが、改めてその容姿に引きつけられた。アンジェラはいわゆるオーソドックスな美人ではなかった。しかし、金髪、薄茶色の瞳、ミシェル・ファイファーによく似た唇が、彼女を間違いなく魅力的に見せていた。

彼女が顔にかかった髪を後ろに流し、ブロンソンに気づいて立ち上がると、カフェにいた数人の男たちが見とれるような目を向けた。

「一体どういうことなの？　本当にマークは死んだの？」

「ああ、そうだ」そう口にした途端、ブロンソンは強い悲しみを感じたが、素早く押し隠した。感情は極力抑えるべきだ。自分たちのために。

彼はコーヒーとアンジェラのために追加の紅茶を注文した。何か食べた方がいいのは分かっていたが、食べ物のことを考えるだけで吐き気がした。

「マークのマンションに電話をしたんだ。そしたら知らない男が出た。そいつは名乗りはしなかったが、話の感じからすると警官だと思う」

「警官の話の感じって何よ？　まあ、あなただったら分かるんでしょうけど」

ブロンソンは肩をすくめた。「俺たちは、一般の人に話すとき、かしこまった丁寧な言葉で話すように指導されるのさ。最近じゃ、あんなばか丁寧な言葉使いはウエイターだってしない。ともかく、俺が名前を伝えたら、そいつはマークが死んだと言った。さらに、不審死として扱っていると。それから別の男、警察官でおそらく警部補だが、俺にイルフォードまで来て、いくつか説明してくれと頼んできた」彼は頭を手で抱えた。「マークが死んだなんて信じられない。今日の午前中には一緒にいたんだ。あいつをひとりにするんじゃなかった」

アンジェラは静かにブロンソンの手へ自分の手を伸ばした。「それで、どうしてその警官が言うようにイルフォードに行かなかったの？」

「彼らが俺の名前を見つけたことで状況は変わったんだ。二番目の男、つまり警部補が、俺とマークが友人であることを把握していると言ってきた。マークのマンションに俺の手帳があって、その中にイタリアに行った記録を見つけたらしい」

「でも何でマークのマンションに手帳を置いてきたの？」

「俺は置いてきてない。それが重要なんだ。最後に手帳を見たのは、マークのイタリアにある家のゲストルームだ。それがマークのマンションで見つかったとしたら、例の殺し屋たちが俺を殺人容疑にでっち上げようとして、わざとそこに置いたとしか考えられない」

彼はマークの家で最初の刻印が発見された後に《泥棒》が入ったこと、そしてその連中の最初の侵入でジャッキーが死んだ可能性があることを説明した。

「ああ、なんてこと。かわいそうなジャッキー。そしてマークもだなんて。まるで悪夢よ。でも何で私やあなたまで危険になるの？」

「俺たちが刻印を見たからさ。なぜそこまで刻印が重要なのか、見当がつかなくてもな。マークは自分のマンションで殺された、いやとにかく、そこに死体があった。つまり殺し屋たちはマークの住所を把握しているということになる。あいつの住んでるところが分かったんなら、俺のだって、さらに言えば、君のだって分かるはずだ。だから君にマンションから出てもらったのさ。奴らは追って来るはずだ、アンジェラ。俺たちの友人を殺したんだ。次は俺たちの番さ」

「でもあなたはまだ理由を言ってない」アンジェラは不満げにテーブルを叩いた。彼女の紅茶がこぼれた。「どうしてあの二つの刻印がそんなに大事なの？　何でその殺し屋たちは刻印を見た人をみんな殺していくのよ？」

　ブロンソンはため息をついた。「俺にも分からない」

　アンジェラは不機嫌そうな表情になったが、突き詰めて考えている顔だとブロンソンには分かった。彼女は鋭い知性の持ち主で、それはそもそもブロンソンが彼女のことを気に入った理由のひとつだった。「クリス、まずはここで事実を確認しましょう。私はジェレミーとあの二つの石について話したの。彼はそのうちひとつは一世紀のもので、ラテン語で三つの単語が刻まれていると言った。もうひとつの刻印はそれから千四百年ほど後のもので、オック語で書かれていて、一種の詩に見えた、と。とすると、同じ家で見つかったこと以外に、二つの刻印にどんな関連性が考えられるのかしら？」

「分からない」ブロンソンは再び言った。「だが、石が隠されていたあの家を所有していた二人はもう死んでしまった。そして、それに関与したと思われるイタリア・マフィアは、俺をマークの殺人容疑に意図的にでっち上げてる。俺たちは連中を止めなくちゃならないんだ。

奴らの好きにはさせない」

　アンジェラはかすかに身震いし、お茶を一口飲んだ。「それで、あなたの作戦は？　何か作戦があるんでしょ？」

「そうだな。俺たちは二つのことをする必要がある。まずは足跡を残さずにロンドンを脱出すること。次にどこかに腰を落ち着けて、あの二つの刻印を解読すること」

「どこかって、当てはあるの？」

「ああ。ロンドンからそれほど遠くなくて、大きな図書館にすぐ行けて、二人組で調べものをしても目立たない場所がいい。ケンブリッジみたいなところだな」

「あの自転車の街？　いいわ、分かった。あそこなら良さそうね。いつ行くの？」

「君が紅茶を飲み終わったらすぐに」

　数分後、彼らは出発するために立ち上がった。ブロンソンはアンジェラの荷物に目をやった。

「かばん二つもあるの？」

「靴よ」アンジェラは短く答えた。

　ブロンソンがカフェの代金を支払い、二人は店を出た。彼はミニ・クーパーを駐車した左の方ではなく、右に向かった。アックスブリッジ・ロードを少し入った場所にある銀行の外のＡＴＭだ。

「逃亡中の人間はクレジットカードを使わないと思ってたけど」ブロンソンが財布を取り出したとき、アンジェラが言った。

「アメリカ映画の見すぎだよ。でも正しい。だからケンブリッジのＡＴＭじゃなくて、ここを使うのさ」

ブロンソンは二百ポンド引き出した。数分で移動するつもりだったから、ＡＴＭを使ったことで居場所が特定されることは気にしていなかった。

彼は現金をポケットに入れると、車を駐めた場所へと戻った。それから、シェファーズ・ブッシュ地区とホワイトシティ地区にとどまりながらも、一キロちょっと離れた四箇所のＡＴＭで引き出しを繰り返し、そのたびに二、三百ポンド下ろした。そして、引き出し回数が一日の上限に達した。

「よし」と彼は言い、ミニ・クーパーの運転席に戻った。「警察が引き出し履歴を見て、俺たちの潜伏場所はこの地区のどこかだと思ってくれればいいんだがな。さて今からは、金を引き出すんじゃなく使う番だ」

第十五章

I

アンジェラは狭いシャワー室から出て、タオルを体に巻き、洗面台に近づいた。髪を乾かしながら、小さな鏡で自分を品定めするように見て、一体何をしているんだろうと改めて思った。

この二十四時間で、彼女の世界は完全に変わってしまった。その前までの生活には秩序があって、先の予測がつくものだった。それが今は、親友のひとりが殺されて、離婚した夫がその第一容疑者になっていて、しかもその元夫と一緒に警察とイタリア・マフィアから逃亡している。

しかし、不思議なことに、彼女はこの状況を楽しみ始めていた。結婚生活は破綻したが、彼女はまだクリスのことが好きで、一緒にいるのは嬉しかった。他の誰にも言うつもりはなかったが、彼女は彼の浅黒くハンサムな顔立ちを初めて会った時から変わらず魅力的だと思っていた。彼が部屋に入ってくると、意識が引きつけられ、胸の中がざわついた。

服を着ながら、それが問題のひとつなのだ、と彼女は考えた。クリスは魅力的だった。だからプロポーズされたとき、判断力が鈍ったのだ。もう少し彼を注意深く観察すれば、彼の本当の気持ちが別だったこと、ジャッキーへのかなわぬ思いを抱いていたことに気づいたはずだ。あの頃にそれが分かっていれば、その後にあんなに傷つくこともなかった。

ノックの音がして、彼女は少しどきっとした。

「おはよう。朝ご飯は食べた？　そろそろ今日の仕事を始めなきゃいけないから」ブロンソンが言った。

「後で何か食べるわ。電話しに行って、少し外を見てくる。戻るまでここにいて」彼女は答えた。

ホテルから出ると、彼女は早足で通りを歩き、そして公衆電話を見つけた。テレフォンカードを入れ、大英博物館の直属の上司へ電話をかける。

「アンジェラよ」かすれ声で話す。「ロジャー、私、風邪か何かにかかったみたいなの。二、三日休みたいんだけど」

「全くもって死にそうな声じゃないか。良くなるまでこっちには一切近づかないでくれよ。

いや冗談はさておき、何か必要なものはあるかい？　食べ物とか薬とか」

「ありがとう。でも大丈夫よ。楽になるまで寝てるから」

昨晩、ケンブリッジへと向かう途中で、アンジェラとブロンソンはさまざまな段取りを話し合っていた。彼女が公衆電話を使ったのもそのためだ。公衆電話なら足がつかない。携帯電話を使うと、かなり正確に位置が特定されてしまうことをブロンソンは知っていた。だから二人のノキア携帯は念のためバッテリーを外した上で旅行かばんにしまわれていた。

彼女はもう一件電話をすると、イースト・ロードを歩いて戻った。途中でパン屋に寄った。

「はい、これ」ブロンソンの部屋に入って、茶色い紙袋を渡しながら、彼女は言った。「菓子パンをいくつか買ったわ。これでランチまで安心ね」

「ありがとう。電話はできた？」

アンジェラは頷いた。「ロジャーは大丈夫だと思う。風邪にものすごい恐怖心があるから」

「で、ジェレミーは？」

「うん、電話をかけて、伝えておいたわ。マークのことと、彼は刻印のせいで殺されたと私たちが考えていること。ジェレミーも標的になるかもしれないから警戒するように言ったんだけど、そしたら笑い飛ばしてたわ。彼はまだ、あの詩は今世紀の人間には全く意味のないものだと思っているのね」

ブロンソンは顔をしかめた。「俺だってジェレミーの意見が正しかったらと思うよ。まあ、君はちゃんと伝えたんだから仕方ない」

「そうね」アンジェラは膝上についたパンくずを払いながら言った。「さあ始めましょうか。何か新しい考えはあるの？」

「いや、あまり。あのオック語の詩は一行ずつ読むと何となく分かりそうな気がするんだけど、全体として何を言わんとしているかがさっぱりつかめない。だからまずはラテン語の刻印から、というか、その下のイニシャルから始めるのがいいと思う。あの石に文字を刻むことを命令した人間を特定できるか調べてみよう」

「それがいいわね。ここから近いところに何軒かネットカフェがあったわ。無精ひげのむさくるしい学生がいいポルノサイトを探してそうなところ」彼女は一旦口を止め、じっくりブロンソンを見た。「今のあなたならきっと目立たないわ」

ブロンソンは簡単な変装をしていた。まず、ひげを剃るのをやめた。ただ本格的なひげ面になるにはまだ数日を要しそうだった。また、いつものシャツにネクタイをやめて、だらっとしたTシャツとジーンズとスニーカーという格好にした。

一〇分後、二人はアンジェラが見つけたネットカフェの最初の一軒に入った。三席空いている。彼らはコーヒーを二つ頼んで、ネットで調べ始めた。

「《PO》が《～の命令による》を意味するというジェレミーの話は正しいと思っているわけね？」アンジェラが訊ねた。

「ああ、それを前提として、《LDA》が何者かについて調べてみようと考えている。もうひとつ彼が言ったのは、このラテン語の刻印が紀元一世紀のものだろうということだった。そうだ、アンジェラ、この作業は素早くやらなきゃいけない。ジャッキーのことがあって以来、俺はインターネットは一時間以上使わないようにしてる。何も見つけられなくても、一時間経ったら、立ち去るんだ。いいかい？」

アンジェラは頷いて同意した。「簡単な方法から始めましょう」と彼女は言って、グーグルで《LDA》と打ち込んでエンターキーを押し、期待して画面に顔を近づけた。

結果は驚くべきものではなかった。ヒットしたのはおよそ百五十万件で、ざっと見る限り、ロンドン開発公社（London Development Agency）や学習障害協会（Learning Disabilities Association）に関するものばかりだった。

「少し単純すぎたかもしれないな」ブロンソンはつぶやいた。「調べ方を変えてみよう。古代ローマの元老院議員の一覧を探して、イニシャルが合う人物がいるか見てみるんだ」

言うのは簡単だったが、実際に探すのは困難だった。ブロンソンが決めた時間までに、何人もの元老院議員の生涯についての詳細を見つけることはできたが、ざっと読めるような一覧はなかった。

「しょうがない」ブロンソンは時計に一瞬目をやってから言った。「これで最後だ。〈ローマ元老院　LDA〉と打ち込んでみて、何が出てくるか見よう」

アンジェラがそれらの言葉を入力し、彼らはいい検索結果が出ることを期待した。

「特に何もないわね」ページをスクロールしながら、アンジェラが言った。

「待ってくれ、それは何だろう?」ブロンソンは《パックス・ロマーナ》というタイトルを指差しながら言った。その中に《LDAとオーロラ》という項目がある。「中を見てみようよ」

アンジェラはその上でクリックした。そのサイトの左側には、《レギュラー・メンバー》というタイトルの下に、古代ローマ人の名前がずらっと連なっていた。

「これは一体何なんだろう?」ブロンソンは声に出して自問した。

「あっ、私知ってる」ページを上下にスクロールして、アンジェラが言った。「前に聞いたことがある。古代ローマについてのネット小説。読むだけじゃなくて、これを題材にして書き足すこともできる。かなり勉強にもなるわよ」

ブロンソンは人名のリストを順々に見ていたが、急に目の動きを止めた。「やったぜ。見てくれよ。この偶然はセレンディピティってやつじゃないか?」彼はリストの四分の三あたりのところにある《ルキウス・ドミティウス・アヘノバルブス（Lucius Domitius Ahenobarbus）》という名を指差した。「このサイトの投稿者たちが、歴史上に実在したローマ人の名前を使っている可能性は高い」

アンジェラがその名前をコピーし、グーグルの入力欄にペーストした。

「確かに実在してるわね。紀元前一六年に執政官になった人物よ。ジェレミーが刻印の年代を間違えたのかもしれない。五十年ほど古いことになる」

ブロンソンは前かがみになって、マウスをクリックした。「もっと単純な話も考えられるぞ。どうやらこれはかなり一般的なファミリー・ネームらしい。このリストには、ドミティウス・アヘノバルブスが九人もいる。そのうち五人はファースト・ネームがグナエウス（Gnaeus）で、残りの四人がルキウス（Lucius）。そしてその四人のルキウス・ドミティウス・アヘノバルブスのうち、三人が執政官だ。さっき見つけたのが、紀元前一六年。あとの二人は紀元前九四年と紀元前五四年」

「四人目のルキウスは？」

ブロンソンは別のリンクをクリックした。「四人目はこのリンクだ。だが、他とはちょっと違う。『他の三人と同じように、この人物はルキウス・ドミティウス・アヘノバルブスとして生まれたが、その後にネロ・クラウディウス・カエサル・アウグストゥス・ゲルマニクスとなり、また、ネロ・クラウディウス・ドルスス・ゲルマニクスとしても知られる。複雑なことに、彼は紀元五四年に帝位についたとき、ネロ・クラウディウス・カエサル・ドルスス（NCCD）の名だった』」

彼はさらに下にスクロールし、喉を鳴らした。「彼はローマが火事になったとき、ぶらぶら遊んでいた皇帝として知られる」

「皇帝ネロのこと？　あの刻印は皇帝ネロに関係があるって言うの？」

ブロンソンは首を横に振った。「俺はそれはないと思うな。ジェレミーが推測した年代と一致するのは確かだが、彼はこのイニシャルは執政官か、元老院議員を示しているのではないかとも言っていた。そして、仮に刻印がネロの命令によるものだったとしたら、皇帝としての名前を反映して、《PO NCCD》になりそうなものじゃないか？」

「ネロが皇帝になる前に彫られたという可能性は？　あるいは、個人的な命令だったとか。あの石を彫った人がネロのことをよく知っていたり、親戚だったりすることを誇示するためかもしれない」

「そろそろここから出なくちゃ」ブロンソンは時計を見て、立ち上がりながら言った。「つまり君はネロの線は追ってみた方がいいと思ってるんだね？」

「間違いなくね。さあ、次の店に行きましょう」

II

彼らは四百メートルほど歩いて、二軒目のネットカフェに入った。こちらの店は、おそらく時間帯のせいだろうが客がほとんどいなかった。彼らはパソコンが並んだ列の端に座った。奥の壁に一番近い席だ。

「それで次は何を調べるの?」

「非常にいい質問だ。俺たちの推理が正しい方向に向かっているのか、まだ確信が持てないが、何かを調べる必要があるのも事実だ。とりあえずは《LDA》のことは置いておこう。で、石には他に《MAM》という言葉も刻まれていたんだが、ジェレミーいわく、石を彫った石工自身の名前なのではないかということだった。しかし、そうじゃないとしたら?」

「続けて」

「根拠に乏しいんだが、聞いてくれ。まず、《PO LDA》が《ルキウス・ドミティウス・アヘノバルブスの命令による》を意味し、それがネロ皇帝のことだと仮定する。ジェレミーの考えに従えば、石がネロの指示によって彫られたことを意味することになる。だが、その説が間違っていると考えてみよう。ネロは全く別のことを命令し、そのことを《MAM》というイニシャルの人物が記録するべきだと決めた」

「ごめん。ちょっとよく分からない」

「現代に当てはめたら、イギリスにも何かの出来事を記念したモニュメントや石碑がよくあるだろう。戦死した地元住民の名前を彫ったものとか、かつてその場所にあった遺跡を示したものとか。そういう石碑みたいなものの終わりには、それを建立《こんりゅう》する費用を出した人々、例えばロータリー・クラブの名前が彫られていることがある。ここで重要なのは、石碑の費用を出した人々は、石碑が記念する出来事自体には関係がないということだ。そういう人々は記念碑が建立されるように企画しただけだ。おそらく今回の件もそれと似ている」

「つまり、ネロが《嘘つきたち、ここに眠る》と記録されるようなことをして、誰か別の人《MAM》がそのネロの行為を記録するために、石碑を建立するよう取り計らったということ?」

「その通り。さらに言えば、そのネロの行為は違法なことか、あるいは私的なことで、ともかく彼の皇帝としての地位とは無関係なものにしたかったのかもしれない。となると、今すべきことは、イニシャル《MAM》でネロとつながりのある人物がいるかどうか調べることだな。もし、いたら、俺たちは何かをつかんだことになる。いなかったら、振り出しに戻る」

この検索にはほとんど時間がかからなかった。数分で可能性のある人物が見つかったからだ。

「この人物がぴったりね。彼の名はマルクス・アシヌス・マルケルス。クラウディウス帝とネロ帝が治めていた時代に元老院議員だった人物よ。面白いのが、彼は紀元六〇年に処刑されるはずだったことね。遺言書を捏造する企みに関与したというのがその理由よ。共犯者たちは全員が斬首されているけど、ネロは彼の命を助けた。なぜかしら？」

「そいつは調べる価値がありそうだ」

アンジェラはそのページを下にスクロールした。「ああ、分かった。マルケルスはネロ帝の遠い親戚だったみたい。だからネロは彼を許したのね」

「そうか、これで見えてきたぞ」

「どういうこと？」

ブロンソンはひと呼吸置いて、考えを整理した。「ネロ帝がマルケルスの命を救ったのは、親戚だからというのはもちろんだが、他にも理由があったと考えてみるんだ。ネロは憐れみ深い人物ではなかったはずだ。彼は全ローマ皇帝の中でも特に残酷で血に飢えた人物だった。俺の記憶が正しければ、彼は自分の母親さえも殺害したはずだ。ひいじいさんが同じだか何だか、とにかく遠い親戚のマルケルスを殺したとしても、眠れなくなるような男じゃないと思う」

ブロンソンはさらに続けた。「だが、ネロが誰か全幅の信頼を置ける人物に大きな貸しを作って、その上でその人物を利用したかったとしたら？　そうすると、あのラテン語の意味が見えてくる。ネロは何かを命令したんだ。私的なことか、違法なことか、またはその両方の何かだ。しかも、マルケルスにその実行を命じた。それはマルケルスの意思に反したことだったのかもしれない。そして、その何かが、あの石の刻印に記録されたことなんだ」

「その推理は正しいかもしれない。根拠に乏しい話だけど。でもそのネロが命令したことって何なのかしら？」

「さっぱり見当がつかない」ブロンソンは立ち上がり体を伸ばして言った。朝からもうずっとネットカフェにこもって調べものをしている。「ただ考えることは他にもある。俺たちがあの石に見つけたラテン語の三つの単語について、君の印象は？」

「おそらく暗号ね」

「俺もそう思う。そこで俺たちの考えが正しいと仮定して、それならなぜマルケルスは刻印を暗号にする必要を感じたんだろう？　なぜ彼は状況を説明するような文を彫らなかったのか？　あるいはあの石の失われた下部分にそういう文を彫ったのか？　俺たちが見つけた三つの単語は、単に刻印全体のタイトルにすぎないのか？」

彼はここで言葉を切って、アンジェラの顔を見た。「もっと調べる必要があるな」

二時間後、彼らはブロンソンの部屋でローマ帝国に関する本の山に囲まれていた。ネロについてはかなり多くのことが分かったが、マルケルスについての情報は腹立たしいほど少なかった。マルケルスは非常に謎の多い人物のようだ。たまに記述があっても、既に知っていることばかりだった。そして、ラテン語の刻印が示していることについても、何も分からなかった。

「このまま続けても意味がないわ」調べていた本を不機嫌そうにパチンと閉じて、アンジェラが言った。そして立ち上がり、コートに手を伸ばした。「私は二番目の刻印について調べることにする。見つけてある三軒目のネットカフェに行くから、用があったらそこへ」

「分かった。俺はもう少しこの本の山をめくり続けることにするよ。外では気をつけて」

「もちろん気をつけるわよ。でもたぶん私を追っている人はいないから大丈夫」

アンジェラがパソコンで調べ始めて、わずか二〇分ほどのとき、ネットカフェのドアが開いた。ひとりの警察官が入って来て、カウンターにいた店員の女の子の方へと歩く。

「お嬢さん、こんにちは。我々は今朝方この周辺でインターネットカフェを利用したと思われるひとりの男を探しておるのです。このお店でこの男を見かけた覚えはありませんでしょうか?」

　彼は持ってきた書類入れをカウンターに置き、そこから写真を一枚取り出した。彼がそうしている間に、アンジェラは写真の中の顔をちらりと見て、それがクリスだと気づき、一瞬心臓が止まりそうになった。

「ごめんなさい。私、二時間ほど前にシフトに入ったばかりなんです。午後にはその人は来てないことはわかりますけど。お客さんたちにお訊ねになってもいいですよ」店員は言い、店内の二十台ほどのパソコンと十二人の客を示すように手を向けた。「いつもいらっしゃるお客さんもいますから。ところで、その人は何をしたんですか?」

「残念ながら、それは申し上げるわけにはまいりません」警官はそう言い、パソコンの前に座っている客に近寄り、同じ質問を繰り返した。三人目に質問する頃には、店内の全員が警官に群がり、写真を見るようになっていた。自分も見に行かないと、それだけで怪しまれる、とアンジェラは思った。そこで恐る恐る警官に近づき、世界の誰よりもよく知っている男の写真を覗き込んだ。

「お嬢さん、あなたはどうですか?」警官は彼女に真っ直ぐ目を向けて訊ねた。

アンジェラは首を横に振った。「いいえ、見覚えはありません。でも、かなりいい男ですね。そう思いませんか?」

女の子が数人くすくすと笑った。しかし警官は面白くない様子だった。「私には判断がつきかねますな」と彼は言い、くるりと後ろを向いてその場から離れた。

カウンターにいた店員が警官を呼び止めた。「その男が入って来たら、どうしたらいいですか？　逃げてトイレに隠れる、それとも飲み物でも出す。つまり、危険な人物かどうか知りたいんですけど」

警官は少しの間その質問の意味を考えてから答えた。「その男があなたを個人的に危険な目にあわせることはないと考えておりますが、できるだけ早くパークサイド署にお電話ください。念のため番号をお伝えしますと、３５８９６６になります」

アンジェラは自分のパソコンに戻り、我慢してそこに数分とどまり、それから立ち上がった。

「探してたものは見つかった？」レジの子が訊ねた。

アンジェラは首を横に振った。「探してたものが見つかったためしがないの」微笑んで、自分の男の好みについて考えながら答えた。

＊　　＊　　＊

「おまわりさんがあなたのこと探してたわよ、クリス」ホテルの部屋に戻ってドアを閉めるなりアンジェラは言った。ネットカフェで起きたことをざっと伝える。

「ということは、連中は俺がネットを使ったことを知っていたということか？」

「ええ。今話した通りよ。警察はあなたの写真さえ持っていたわ。あなたが今朝このあたりにいたことも知っていた」

「くそ。あのマフィアは有能だな。自分たちのために警察に汚れ仕事もさせられるのか。思っていたより危険な奴らだ」

「警察がマークの死のことであなたを探すのは分かるわ。でも、どうしてあなたがネットカフェを利用したことまで把握できたのかしら？」

「俺は最初から、あのイタリアの殺し屋はインターネット監視システムを動かしているんじゃないかとにらんでいた。ジャッキーが死んだのもそのせいだ。奴らはイギリス警察にもきっとコネクションがあって、俺たちのした検索についても情報を提供しているに違いない。ということは、俺たちの調査が正しい方向に向かっているということでもあるが。ともかく、ここから早く出て行く必要があるな」

「出て行くってどこへ？」

「答えはイタリアにあるはずだ。すべてはそこから始まったんだからな」

「でも、警察がもうネットカフェにまであなたを探しに来たってことは、港や空港だって調べているはずだと思わない？」

「もちろん、分かってるさ。だが、家の中にしっかりパスポートを置いてきた。間違いなく警察は既に中に入って、それを見ているはずだ。港に警察が張っている可能性もあるが、パスポートがないんだから、俺が国外逃亡するとは思っていないだろう」彼は突然にやりとした。「でもまさに今から国外逃亡するのさ。大陸に行ってしまえば、俺たちを見つけるのはずっと難しくなるぜ」

「インターポールが各国の警察の国際的連携を図っていると思ってたけど」

「夢みたいな話さ。インターポールは発想としては素晴らしい。だが組織が巨大すぎる。何かやろうと思ったら、いくつも正式書類に記入し、適切な人々と適切な交渉をしなくてはならない。その上、情報が各国に伝わるまでに時間がかかる。とにかく、やり方さえ知っていれば、気づかれずにイギリスを出入国するのはそれほど難しいことじゃない。君の方は運転免許証とパスポートは持ってきたかい？」

アンジェラは頷いた。

「よし。君にやってほしいのは、まずこの金を受け取ることだ」彼はジャケットのポケットに手を入れ、札束を取り出し、テーブルの上で合計を数えた。「千五百ポンドとちょっとある。これを手付金にして、中古のミニバンを買いに行ってくれ。クライスラー・ボイジャーか、ルノー・エスパス、それがなかったら最終手段でフォード・トランジットを君の名前で買ってくれ。大陸で走れるように保険も頼む」

「それからどうするの？」

「その後は」ブロンソンはまたニヤリと笑って答えた。「新しい浴槽を買いに行く」

（下巻に続く）

シリーズ！　好評発売中!!

マルコ・ポーロの『東方見聞録』には語られなかった空白の期間があった。真実を記した秘密の書——それらが解明される時、人類の中で“何か”が覚醒する……。

ユダの覚醒　上・下

ジェームズ・ロリンズ［著］　桑田健［訳］
各 文庫判
定価：本体 667 円＋税

世界は燃え尽きてしまう……〈デルポイの巫女〉の預言、“最後の神託”は破滅を意味するのか、それとも救済を意味するのか⁉

ロマの血脈　上・下

ジェームズ・ロリンズ［著］　桑田健［訳］
各 文庫判
定価：本体 667 円＋税

お求めの際はお近くの書店
または弊社ホームページにて！ www.takeshobo.co.jp

組織の謎へと—— シリーズ最新作！

光と闇の米建国史——。アメリカ建国の父が先住民と交わした密約、建国の歴史の裏に隠された大いなる謎……米国国璽の下書き、北米先住民の歴史、独立宣言、モルモン教といった歴史的側面と、ナノテクノロジー、ニュートリノ、超巨大火山の噴火といった科学的側面——。……それらが絡み、解き明かされる時、アメリカ建国の大いなる秘密と謎の組織〈ギルド〉の役割があきらかになる！

ジェファーソンの密約　上・下

ジェームズ・ロリンズ［著］　桑田健［訳］
各 文庫判
定価：本体 700 円＋税

全米で1500万部のベストセラー〈シグマフォース〉

それは“生命の根源”を解き明かす唯一の鍵。東方の三博士の聖骨＝〈マギの聖骨〉を巡る歴史の謎に挑むアクション・ミステリー！　シグマフォースシリーズ第一弾！

マギの聖骨　上・下

ジェームズ・ロリンズ［著］　桑田健［訳］
各 文庫判
定価：本体667円＋税

ナチの残党が研究を続ける〈釣鐘〉とは何か？　ネパールの奇病、南アフリカの謎の生物、ダーウィンの聖書が結びつく時、かつてナチの行なっていた恐ろしい研究の正体が……。

ナチの亡霊　上・下

ジェームズ・ロリンズ［著］　桑田健［訳］
各 文庫判
定価：本体667円＋税

既刊案内

竹書房のエンタテインメント文庫

〈シグマフォース〉原点から、いよいよ物語はあの

砂に埋もれた失われた都市――砂漠のアトランティス、ウバールを巡る壮大なアクション・アドベンチャー！〈シグマフォース〉シリーズの原点となる物語！

ウバールの悪魔　上・下

ジェームズ・ロリンズ［著］　桑田健［訳］
各 文庫判
定価：本体667円＋税

癒しか、呪いか？　その封印、解かれし時――人類は未来への扉を開くのか？　それとも破滅への一歩を踏み出すのか？「ドゥームズデイ・ブックの鍵」とは何か……。

ケルトの封印　上・下

ジェームズ・ロリンズ［著］　桑田健［訳］
各 文庫判
定価：本体700円＋税

皇帝ネロの密使　上

The First Apostle

２０１５年２月５日　初版第一刷発行

著……………………………………… ジェームズ・ベッカー
訳……………………………………………………… 荻野　融
編集協力……………………………… 株式会社オフィス宮崎
ブックデザイン………………………小林こうじ（sowhat.Inc.）

発行人………………………………………………… 後藤明信
発行所…………………………………………… 株式会社竹書房
〒102-0072　東京都千代田区飯田橋２－７－３
電話　03-3264-1576（代表）
03-3234-6208（編集）
http://www.takeshobo.co.jp
振替：00170-2-179210
印刷・製本…………………………………… 凸版印刷株式会社

■本書の無断複写・複製・転載を禁じます。
■定価はカバーに表示してあります。
■落丁・乱丁の場合は当社にてお取り替えいたします。

ISBN978-4-8019-0147-6　C0197
Printed in JAPAN